茅盾
小传

茅盾，1896年7月4日出生于浙江嘉兴桐乡，原名沈德鸿，字雁冰。曾用笔名茅盾、郎损、玄珠、方璧、止敬、蒲牢、微明、沈仲方、沈明甫等。

茅盾从小接受新式教育，1913年考入北京大学预科第一类。毕业后进入商务印书馆编译所工作。1920年，茅盾接编《小说月报》。1921年，参与发起组织"文学研究会"。

1927年1月茅盾赴武汉，任中央军事政治学校武汉分校教官。9月，于上海以茅盾为笔名发表小说《幻灭》。翌年完成了《动摇》《追求》两部中篇。三部中篇构成了"蚀"三部曲，这是茅盾在1920年代创作的几部最重要的作品。

1932年，茅盾发表了《林家铺子》《春蚕》等一批中短篇小说。1933年，长篇小说《子夜》出版。这些作品奠定了茅盾的文学史地位。

抗战爆发后，茅盾辗转各地活动，参加在武汉成立的中华全国文艺界抗敌协会，被选为理事。主编的《文艺阵地》在广州创刊。1940年4月抵达延安，在延安鲁迅艺术文学院、陕甘宁边区文化协会处讲学。10月到达重庆，任郭沫若主持的文化工作委员会常委。这一时期陆续写成优秀散文《风景谈》《白杨礼赞》。

1949年到达北平。7月，被选为中国文学艺术界联合会副主席和中国文学工作者协会（后改为中国作家协会）主席。10月，任中央人民政府文化部部长，主编《人民文学》杂志。新中国成立后，茅盾一直在文化领域担任重要职务，在文化战线上贡献力量。

1981年3月，茅盾将25万元稿费捐出设立茅盾文学奖，以鼓励当代优秀长篇小说的创作。该奖项目前已成为国内文学界最具权威性和影响力的文学奖项之一。1981年3月27日，茅盾逝世于北京。

总主编　何向阳

本册主编　吴义勤

百年中篇小说名家经典

BAINIAN
ZHONGPIAN
XIAOSHUO
MINGJIA JINGDIAN

茅盾　著

林家铺子

LIN JIA PU ZI

河南文艺出版社
·郑州·

一种文体与
一百年的民族记忆

何向阳 （丛书总主编）

　　自20世纪初,确切地说,自1918年4月以鲁迅《狂人日记》为标志的第一部白话小说的诞生伊始,新文学迄今已走过了百年的历史。百年的历史相对于古老的中国而言算不上悠久,但20世纪初到21世纪初这个一百年的文化思想的变化却是翻天覆地的,而记载这翻天覆地之巨变的,文学功莫大焉。作为一个民族的情感、思想、心灵的记录,从小处说起的小说,可能比之任何别的文体,或者其他样式的主观叙述与历史追忆,都更真切真实。将这一百年的经典小说挑选出来,放在一起,或可看到一个民族的心性的发展,而那可能被时间与事件遮盖的深层的民族心灵的密码,在这样一种系统的阅读中,也会清晰地得到揭示。

所需的仍是那份耐心。如鲁迅在近百年前对阿Q的抽丝剥茧,萧红对生死场的深观内视,这样的作家的耐心,成就了我们今天的回顾与判断,使我们——作为这一古老民族的每一个个体,都能找到那个线头,并警觉于我们的某种性格缺陷,同时也不忘我们的辉煌的来路和伟大的祖先。

来路是如此重要,以至小说除了是个人技艺的展示之外,更大一部分是它对社会人众的灵魂的素描,如果没有鲁迅,仍在阿Q精神中生活也不同程度带有阿Q相的我们,可能会失去或推迟认识自己的另一面的机会,当然,如果没有鲁迅之后的一代代作家对人的观察和省思,我们生活其中而不自知的日子也许更少苦恼但终是离麻木更近,是这些作家把先知的写下来给我们看,提示我们这是一种人生,但也还有另一种人生,不一样的,可以去尝试,可以去追寻,这是小说更重要的功能,是文学家个人通过文字传达、建构并最终必然参与到的民族思想再造的部分。

我们从这优秀者中先选取百位。他们的目光是不同的,但都是独特的。一百年,一百位作家,每位作家出版一部代表作品。百人百部百年,是今天的我们对于百年前开始的新文化运动的一份特别的纪念。

而之所以选取中篇小说这样一种文体,也是出于这个原因。

中篇小说,只是一种称谓,其篇幅介于长篇小说和短篇小说之间,长篇的体积更大,短篇好似又不足以支撑,而介于两者之间的中篇小说兼具长篇的社会学容量与短篇的技艺表达,虽然这种文体的命名只是在20世纪的七八十年代才明确出现,但三四十年间发展迅速,其中的优秀作品在不同时期或年份涵盖长、短篇而代表了小说甚至文学的高峰,比如路遥的《人生》、张承志的《北方的河》、莫言的《透明的红萝卜》、韩少功的《爸爸爸》、王安忆的《小鲍庄》、铁凝的《永远有多远》等等,不胜枚举。我曾在一篇言及年度小说的序文中讲到一个观点,小说是留给后来者的"考古学",

它面对的不是土层和古物,但发掘的工作更加艰巨,因为它面对的是一个民族的精神最深层的奥秘,作家这个田野考察者,交给我们的他的个人的报告,不啻是一份份关于民族心灵潜行的记录,而有一天,把这些"报告"收集起来的我们会发现,它是一份长长的报告,在报告的封面上应写着"一个民族的精神考古"。

一百年在人类历史上不过白驹过隙,何况是刚刚挣得名分的中篇小说文体——国际通用的是小说只有长、短篇之分,并无中篇的命名,而新文化运动伊始直至70年代早期,中篇小说的概念一直未得到强化,需要说明的是,这给我们今天的编选带来了困难,所以在新文学的现代部分以及当代部分的前半段,我们选取了篇幅较短篇稍长又不足长篇的小说,譬如鲁迅的《祝福》《孤独者》,它们的篇幅长度虽不及《阿Q正传》,但较之鲁迅自己的其他小说已是长的了。其他的现代时期作家的小说选取同理。所以在编选中我也曾想,命名"中篇小说名家经典"是否足以囊括,或者不如叫作"百年百人百部小说",但如此称谓又是对短篇小说的掩埋和对长篇小说的漠视,还是点出

"中篇"为好。命名之事，本是予实之名，世间之事，也是先有实后有名，文学亦然。较之它所提供的人性含量而言，对之命名得是否妥帖则已显得不那么重要了。

值此新文化运动一百年之际，向这一百年来通过文学的表达探索民族深层精神的中国作家们致敬。因有你们的记述，这一百年留下的痕迹会有所不同。

感谢河南文艺出版社，感动我的还有他们的敬业和坚持。在出版业不免受利益驱动的今天，他们的眼光和气魄有所不同。

2017 年 5 月 29 日　郑州

目录

一

　　林小姐这天从学校回来就噘起着小嘴唇。她掼下了书包，并不照例到镜台前梳头发搽粉，却倒在床上看着帐顶出神。小花噗的也跳上床来，挨着林小姐的腰部摩擦，咪呜咪呜地叫了两声。林小姐本能地伸手到小花头上摸了一下，随即翻一个身，把脸埋在枕头里，就叫道：

　　"妈呀！"

　　没有回答。妈的房就在间壁，妈素常疼爱这唯一的女儿，听得女儿回来就要摇摇摆摆走过来问她肚子饿不饿，妈留着好东西呢——再不然，就差吴妈赶快去买一碗馄饨。但今天却作怪，妈的房里明明有说话的声音，并且还听得妈在打呃，却是妈连回答也没有一声。

　　林小姐在床上又翻一个身，翘起了头，打算偷听妈和谁谈话，是那样悄悄地放低了声音。然而听不清，只有妈的连声打呃，间歇地飘到林小姐的耳朵。忽然妈的嗓音高了一些，似乎很生气，就有几个字听得很分明：

　　"——这也是东洋货，那也是东洋货，呃！……"

林小姐猛一跳，就好像理发时候颈脖子上粘了许多短头发似的浑身都烦躁起来了。 正也是为了这东洋货问题，她在学校里给人家笑骂，她回家来没好气。 她一手推开了又挨到她身边来的小花，跳起来就剥下那件新制的翠绿色假毛葛驼绒旗袍来，拎在手里抖了几下，叹一口气。 据说这怪好看的假毛葛和驼绒都是东洋来的。 她撩开这件驼绒旗袍，从床下拖出那口小巧的牛皮箱来，赌气似的扭开了箱子盖，把箱子底朝天向床上一撒，花花绿绿的衣服和杂用品就滚满了一床。 小花吃了一惊，噗的跳下床去，转一个身，却又跳在一张椅子上蹲着望住它的女主人。

林小姐的一双手在那堆衣服里抓捞了一会儿，就呆呆地站在床前出神。 这许多衣服和杂用品越看越可爱，却又越看越像是东洋货呢！ 全都不能穿了么？ 可是她——舍不得，而且她的父亲也未必肯另外再制新的！ 林小姐忍不住眼圈儿红了。 她爱这些东洋货，她又恨那些东洋人，好好儿的发兵打东三省干么呢？ 不然，穿了东洋货有谁来笑骂。

"呃——"

忽然房门边来了这一声。 接着就是林大娘的摇摇摆摆的瘦身形。 看见那乱丢了一床的衣服，又看见女儿只穿着一件绒线短衣站在床前出神，林大娘这一惊非同小可。 心里愈是着急，她那个"呃"却愈是打得多，暂时竟说不出半句话。

林小姐飞跑到母亲身边，哭丧着脸说：

"妈呀！ 全是东洋货，明儿叫我穿什么衣服？"

　　林大娘摇着头只是打呃，一手扶住了女儿的肩膀，一手揉磨自己的胸脯，过了一会儿，她方才挣扎出几句话来：

　　"阿囡，呃，你干么脱得——呃，光落落？ 留心冻——呃——我这毛病，呃，生你那年起了这个病痛，呃，近来越发凶了！ 呃——"

　　"妈呀！ 你说明儿我穿什么衣服？ 我只好躲在家里不出去了，他们要笑我，骂我！"

　　但是林大娘不回答。 她一路打呃，走到床前拣出那件驼绒旗袍来，就替女儿披在身上，又拍拍床，要她坐下。 小花又挨到林小姐脚边，昂起了头，眯细着眼睛看看林大娘，又看看林小姐；然后它懒懒地靠到林小姐的脚背上，就林小姐的鞋底来摩擦它的肚皮。 林小姐一脚踢开了小花，就势身子一歪，躺在床上，把脸藏在她母亲的身后。

　　暂时两个都没有话。 母亲忙着打呃，女儿忙着盘算"明天怎样出去"；这东洋货问题不但影响到林小姐的所穿，还影响到她的所用；据说她那只常为同学们艳羡的化妆皮夹以及自动铅笔之类，也都是东洋货，而她却又爱这些小玩意儿的！

　　"阿囡，呃——肚子饿不饿？"

　　林大娘坐定了半晌以后，渐渐少打几个呃了，就又开始她日常的疼爱女儿的老功课。

　　"不饿。 嗳，妈呀，怎么老是问我饿不饿呢，顶要紧是没有了衣服明天怎样去上学！"

林小姐撒娇说，依然那样蜷曲着身体躺着，依然把脸藏在母亲背后。

自始就没弄明白为什么女儿尽嚷着没有衣服穿的林大娘现在第三次听得了这话儿，不能不再注意了，可是她那该死的打呃很不作美地又连连来了。恰在此时林先生走了进来，手里拿着一张字条儿，脸上乌霉霉的，像是涂着一层灰。他看见林大娘不住地打呃，女儿躺在满床乱丢的衣服堆里，他就料到了几分，一双眉头就紧紧地皱起。他唤着女儿的名字说道：

"明秀，你的学校里有什么抗日会么？刚送来了这封信。说是明天你再穿东洋货的衣服去，他们就要烧呢——无法无天的话语，咳……"

"呃——呃！"

"真是岂有此理，哪一个人身上没有东洋货，却偏偏找定了我们家来生事！哪一家洋广货铺子里不是堆足了东洋货，偏是我的铺子犯法，一定要封存！咄！"

林先生气愤愤地又加了这几句，就颓然坐在床边的一张椅子里。

"呃，呃，救苦救难观世音，呃——"

"爸爸，我还有一件老式的棉袄，光景不是东洋货，可是穿出去人家又要笑我。"

过了一会儿，林小姐从床上坐起来说，她本来打算进一步要求父亲制一件不是东洋货的新衣，但瞧着父亲的脸色不对，便又不敢冒昧。 同时，她的想象中就展开了那件旧棉袄惹人讪笑的情形，她忍不住哭起来了。

"呃，呃——啊哟！ ——呃，莫哭，——没 有 人 笑你——呃，阿囡……"

"阿秀，明天不用去读书了！ 饭快要没得吃了，还读什么书！"

林先生懊恼地说，把手里那张字条儿扯得粉碎，一边走出房去，一边叹气跺脚。 然而没多几时，林先生又匆匆地跑了回来，看着林大娘的面孔说道：

"橱门上的钥匙呢？ 给我！"

林大娘的脸色立刻变成灰白，瞪出了眼睛望着她的丈夫，永远不放松她的打呃忽然静定了半晌。

"没有办法，只好去斋斋那些闲神野鬼了——"

林先生顿住了，叹一口气，然后又接下去说：

"至多我花四百块。 要是党部里还嫌少，我拼着不做生意，等他们来封！ ——我们对过的裕昌祥，进的东洋货比我多，足足有一万多块钱的码子呢，也只花了五百块就太平无事了。 ——五百块！ 算是吃了几笔倒账罢！ ——钥匙！咳！ 那一个金项圈，总可以兑成三百块……"

"呃，呃，真——好比强盗！"

林大娘摸出那钥匙来，手也颤抖了，眼泪扑簌簌地往下掉。 林小姐却反不哭了，瞪着一对泪眼，呆呆地出神，她恍惚看见那个曾经到她学校里来演说而且饿狗似的盯住看她的什么委员，一个怪叫人讨厌的黑麻子，捧住了她家的金项圈在半空里跳，张开了大嘴巴笑。随后，她又恍惚看见这强盗似的黑麻子和她的父亲吵嘴，父亲被他打了……

"啊哟！"

林小姐猛然一声惊叫，就扑在她妈的身上。林大娘慌得没有工夫尽打呃，挣扎着说：

"阿囡，呃，不要哭——过了年，你爸爸有钱，就给你制新衣服——呃，那些狠心的强盗！都咬定我们有钱，呃，一年一年亏空，你爸爸做肥田粉生意又上当，呃——店里全是别人的钱了。阿囡，呃，呃，我这病，活着也受罪，——呃，再过两年，你十九岁，招得个好女婿。呃，我死也放心了！——救苦救难观世音菩萨！呃——"

二

第二天，林先生的铺子里新换过一番布置。将近一星期不曾露脸的东洋货又都摆在最惹眼的地位了。林先生又摹仿上海大商店的办法，写了许多"大廉价照码九折"的红绿纸条，贴在玻璃窗上。这天是阴历腊月二十三，正是乡镇上洋广货店的"旺月"。不但林先生的额外支出"四百元"指望在这时候捞回来，就是林小姐的新衣服也靠托在这几天的生意好。

十点多钟，赶市的乡下人一群一群的在街上走过了，他们臂上挽着篮，或是牵着小孩子，粗声大气地一边在走，一边在谈话。 他们望到了林先生的花花绿绿的铺面，都站住了，仰起脸，老婆唤丈夫，孩子叫爹娘，啧啧地夸羡那些货物。 新年快到了，孩子们希望穿一双新袜子，女人们想到家里的面盆早就用破，全家合用的一条面巾还是半年前的老家伙，肥皂又断绝了一个多月，趁这里"卖贱货"，正该买一点。

林先生坐在账台上，抖擞着精神，堆起满脸的笑容，眼睛望着那些乡下人，又带睄着自己铺子里的两个伙计，两个学徒，满心希望货物出去，洋钱进来。 但是这些乡下人看了一会儿，指指点点夸羡了一会儿，竟自懒洋洋地走到斜对门的裕昌祥铺面前站住了再看。 林先生伸长了脖子，望到那班乡下人的背影，眼睛里冒出火来。 他恨不得拉他们回来！

"呃——呃——"

坐在账台后面那道分隔铺面与"内宅"的蝴蝶门旁边的林大娘把勉强忍住了半晌的"呃"放出来。 林小姐倚在她妈的身边，呆呆地望着街上不作声，心头却是卜卜地跳；她的新衣服至少已经走脱了半件。

林先生赶到柜台前睁大了妒忌的眼睛看着斜对门的同业裕昌祥。 那边的四五个店员一字儿摆在柜台前，等候做买卖。 但是那班乡下人没有一个走近到柜台边，他们看了一会儿，又照样的走过去了。 林先生觉得心头一松，忍不住望着裕昌祥的伙计笑了一笑。 这时又有七八人一队的乡下人走到林先生的铺面前，其中有一位年青的居然上前一步，歪着头看那些挂着的洋伞。 林先生猛转过脸来，一对嘴唇皮立刻嘻开了；他亲自兜揽这位意想中的顾客了：

"喂，阿弟，买洋伞么？ 便宜货，一只洋伞卖九角！ 看看货色去。"

一个伙计已经取下了两三把洋伞，立刻撑开了一把，热刺刺地塞到那年青乡下人的手里，振起精神，使出夸卖的本领来：

"小当家，你看！ 洋缎面子，实心骨子，晴天，落雨，耐用好看！ 九角洋钱一顶，再便宜没有了！ ……那边是一只洋一顶，货色还没有这等好呢，你比一比就明白。"

那年青的乡下人拿着伞，没有主意似的张大了嘴巴。 他回过头去望着一位五十多岁的老头子，又把手里的伞颠了一颠，似乎说："买一把罢？"老头子却老大着急地吆喝道：

"阿大！ 你昏了，想买伞！ 一船硬柴，一股脑儿只卖了三块多钱，你娘等着量米回去吃，哪有钱来买伞！"

"货色是便宜，没有钱买！"

站在那里观望的乡下人都叹着气说，懒洋洋地都走了。那年青的乡下人满脸涨红，摇一下头，放了伞也就要想走，这可把林先生急坏了，赶快让步问道：

"喂，喂，阿弟，你说多少钱呢？ ——再看看去，货色是靠得住的！"

"货色是便宜，钱不够。"

　　老头一面回答，一面拉住了他的儿子，逃也似的走了。林先生苦着脸，踱回到账台里，浑身不得劲儿。 他知道不是自己不会做生意，委实是乡下人太穷了，买不起九毛钱的一顶伞。 他偷眼再望斜对门的裕昌祥，也还是只有人站在那里看，没有人上柜台买。 裕昌祥左右邻的生泰杂货店，万昌糕饼店，那就简直连看的人都没有半个。 一群一群走过的乡下人都挽着篮子，但篮子里空无一物；间或有花蓝布的一包儿，看样子就知道是米；甚至一个多月前乡下人收获的晚稻也早已被地主们和高利贷的债主们如数逼光，现在乡下人不得不一升两升的量着贵米吃。 这一切，林先生都明白，他就觉得自己的一份生意至少是间接的被地主和高利贷者剥夺去了。

　　时间渐渐移近正午，街上走的乡下人已经很少了，林先生的铺子就只做成了一块多钱的生意，仅仅足够开销了"大廉价照码九折"的红绿纸条的广告费。 林先生垂头丧气走进"内宅"去，几乎没有勇气和女儿老婆相见。 林小姐含着一泡眼泪，低着头坐在屋角；林大娘在一连串的打呃中，挣扎着对丈夫说：

　　"花了四百块钱，——又忙了一个晚上摆设起来，呃，东洋货是准卖了，却又生意清淡，呃——阿囡的爷呀！ ……吴妈又要拿工钱——"

　　"还只半天呢！ 不要着急。"

　　林先生勉强安慰着，心里的难受，比刀割还厉害。 他闷闷地踱了几步。 所有推广营业的方法都想遍了，觉得都不是路。 生意清淡，早已各业如此，并不是他一家呀；人们都穷了，可没有法子。 但是他总还希望下午的营业能够比较好些。 本镇的人家买东西大概在下午。 难道他们过新年不买些东西？ 只要他们存心买，林先生的营业是有把握的。 毕竟他的货物比别家便宜。

是这盼望使得林先生依然能够抖擞着精神坐在账台上守候他意想中的下午的顾客。

这下午照例和上午显然不同：街上并没很多的人，但几乎每个人都相识，都能够叫出他们的姓名，或是他们的父亲和祖父的姓名。 林先生靠在柜台上，用了异常温和的眼光迎送这些慢慢地走着谈着经过他那铺面的本镇人。 他时常笑嘻嘻地迎着常有交易的人喊道：

"呵，××哥，到清风阁去吃茶么？ 小店大放盘，交易点儿去！"

有时被唤着的那位居然站住了，走上柜台来，于是林先生和他的店员就要大忙而特忙，异常敏感地伺察着这位未可知的顾客的眼光，瞧见他的眼光瞥到什么货物上，就赶快拿出那种货物请他考校。 林小姐站在那对蝴蝶门边看望，也常常被林先生唤出来对那位未可知的顾客叫一声"伯伯"。 小学徒送上一杯便茶来，外加一枝小联珠。

在价目上，林先生也格外让步；遇到那位顾客一定要除去一毛钱左右尾数的时候，他就从店员手里拿过那算盘来算了一会儿，然后不得已似的把那尾数从算盘上拨去，一面笑嘻嘻地说：

"真不够本呢！ 可是老主顾，只好遵命了。 请你多做成几笔生意罢！"

整个下午就是这么张罗着过去了。 连现带赊，大大小小，居然也有十来注交易。 林先生早已汗透棉袍。 虽然是累得那么着，林先生心里却很愉快。 他冷眼偷看斜对门的裕昌祥，似乎赶不上自己铺子的"热闹"。 常在那对蝴蝶门旁边看望的林小姐脸上也有些笑意，林大娘也少打几个呃了。

快到上灯时候，林先生核算这一天的"流水账"：上午等于零，下午卖了十六元八角五分，八块钱是赊账。 林先生微微一笑，但立即皱紧了眉头；他今天的"大放盘"确是照本出卖，开销都没着落，官利更说不上。 他呆了一会儿，又开了账箱，取出几本账簿来翻着打了半天算盘；账上"人欠"的数目共有一千三百余元，本镇六百多，四乡七百多；可是"欠人"的客账，单是上海的东升字号就有八百，合计不下二千哪！ 林先生低声叹一口气，觉得明天以后如果生意依然没见好，那他这年关就有点难过了。 他望着玻璃窗上"大放盘照码九折"的红绿纸条，心里这么想："照今天那样当真放盘，生意总该会见好；亏本么？ 没有生意也是照样的要开销。 只好先拉些主顾来再慢慢儿想法提高货码……要是四乡还有批发生意来，那就更好！ ——"

突然有一个人来打断林先生的甜蜜梦想了。 这是五十多岁的一位老婆子，巍颤颤地走进店来，手里拿着一个小小的蓝布包。林先生猛抬起头来，正和那老婆子打一个照面，想躲避也躲避不及，只好走上前去招呼她道：

"朱三太，出来买过年东西么？请到里面去坐坐。——阿秀，来扶朱三太。"

林小姐早已不在那对蝴蝶门边了，没有听到。那朱三太连连摇手，就在铺面里的一张椅子上坐了，郑重地打开她的蓝布手巾包——包里仅有一扣折子，她抖抖簌簌地双手捧了，直送到林先生的鼻子前，她的瘪嘴唇扭了几扭，正想说话，林先生早已一手接过那折子，同时抢先说道：

"我晓得了。明天送到你府上罢。"

"哦，哦，十月，十一月，十二月，一总是三个月，三三得九，是九块罢？——明天你送来？哦，哦，不要送，让我带了去。嗯！"

朱三太扭着她的瘪嘴唇，很艰难似的说。她有三百元的"老本"存在林先生的铺里，按月来取三块钱的利息，可是最近林先生却拖欠了三个月，原说是到了年底总付，明天是送灶日，老婆子要买送灶的东西，所以亲自上林先生的铺子来了。看她那股扭起了一对瘪嘴唇的劲儿，光景是钱不到手就一定不肯走。

林先生抓着头皮不作声。这九块钱的利息，他何尝存心白赖，只是三个月来生意清淡，每天卖得的钱仅够开伙食，付捐税，不知不觉地拖欠下来了。然而今天要是不付，这老婆子也许会就在铺面上嚷闹，那就太丢脸，对于营业的前途很有影响。

"好，好，带了去罢，带了去罢！"

林先生终于斗气似的说，声音有点儿哽咽。他跑到账台里，把上下午卖得的现钱归并起来，又从腰包里掏出一个双毫，这才凑成了八块大洋，十角小洋，四十个铜子，交付了朱三太。当他看见那老婆子把这些银洋铜子郑重地数了又数，而且抖抖簌簌地放在那蓝布手巾上包了起来的时候，他忍不住叹一口气，异想天开地打算拉回几文来；他勉强笑着说：

"三阿太，你这蓝布手巾太旧了，买一块老牌麻纱白手帕去罢？我们有上好的洗脸手巾，肥皂，买一点儿去新年里用罢。价钱公道！"

"不要，不要，老太婆了，用不到。"

朱三太连连摆手说，把折子藏在衣袋里，捧着她的蓝布手巾包径自去了。

林先生哭丧着脸，走回"内宅"去。因这朱三太的上门讨利息，他记起还有两注存款，桥头陈老七的二百元和张寡妇的一百五十元，总共十来块钱的利息，都是"不便"拖欠的，总得先期送去。他扳着指头算日子：二十四，二十五，二十六——到二十六，放在四乡的账头该可以收齐了，店里的寿生是前天出去收账的，极迟是二十六应该回来了；本镇的账头总得到二十八九方才有个数目。然而上海号家的收账客人说不定明后天就会到，只有再向恒源钱庄去借了。 但是明天的门市怎样？ ……

他这么低着头一边走，一边想，猛听得女儿的声音在他耳边说：

"爸爸，你看这块大绸好么？ 七尺，四块二角，不贵罢？"

林先生心里蓦地一跳，站住了睁大着眼睛，说不出话。林小姐手里托着那块绸，却在那里憨笑。 四块二角！ 数目可真不算大，然而今天店里总共只卖得十六块多，并且是老实照本贱卖的呀！ 林先生怔了一会儿，这才没精打采地问道：

"你哪来的钱呢？"

"挂在账上。"

林先生听得又是欠账，忍不住皱一下眉头。 但女儿是自己宠惯了的，林大娘又抵死偏护着，林先生没奈何只有苦笑。 过一会儿，他叹一口气，轻轻埋怨道：

"那么性急！ 过了年再买岂不是好！"

三

又过了两天，"大放盘"的林先生的铺子，生意果然很好，每天可以做三十多元的生意了。 林大娘的打呃，大大减少，平均是五分钟来一次；林小姐在铺面和"内宅"之间跳进跳出，脸上红喷喷地时常在笑，有时竟在铺面帮忙招呼生意，直到林大娘再三唤她，方才跑进去，一边擦着额上的汗珠，一边兴冲冲地急口说：

"妈呀，又叫我进来干么！我不觉得辛苦呀！妈！爸爸累得满身是汗，嗓子也喊哑了！——刚才一个客人买了五块钱东西呢！妈！不要怕我辛苦，不要怕！爸爸叫我歇一会儿就出去呢！"

林大娘只是点头，打一个呃，就念一声"大慈大悲菩萨"。客厅里本就供奉着一尊瓷观音，点着一炷香，林大娘就摇摇摆摆走过去磕头，谢菩萨的保佑，还要祷告菩萨大发慈悲，保佑林先生的生意永远那么好，保佑林小姐易长易大，明年就得个好女婿。

但是在铺面张罗的林先生虽然打起精神做生意，脸上笑容不断，心里却像有几根线牵着。每逢卖得了一块钱，看见顾客欣然挟着纸包而去，林先生就忍不住心里一顿，在他心里的算盘上就加添了五分洋钱的血本的亏折。他几次想把这个"大放盘"时每块钱的实足亏折算成三分，可是无论如何，算来算去总得五分。生意虽然好，他却越卖越心疼了。在柜台上招呼主顾的时候，他这种矛盾的心理有时竟至几乎使他发晕。偶尔他偷眼望望斜对门的裕昌祥，就觉得那边闲立在柜台边的店员和掌柜，嘴角上都带着讥讽的讪笑，似乎都在说："看这姓林的傻子呀，当真亏本放盘哪！看着罢，他的生意越好，就越亏本，倒闭得越快！"那时候，林先生便咬一下嘴唇，决定明天无论如何要把货码提高，要把次等货标上头等货的价格。

给林先生斡旋那"封存东洋货"问题的商会长走过林家铺子的时候，也微微笑着，站住了对林先生贺喜，并且拍着林先生的肩膀，轻声说：

"如何？ 四百块钱是花得不冤枉罢！ ——可是，卜局长那边，你也得稍稍点缀，防他看得眼红，也要来敲诈。 生意好，妒忌的人就多；就是卜局长不生心，他们也要去挑拨呀！"

林先生谢商会长的关切，心里老大吃惊，几乎连做生意都没有精神。

然而最使他心神不宁的，是店里的寿生出去收账到现在还没有回来，林先生是等着寿生收的钱来开销"客账"。 上海东升字号的收账客人前天早已到镇，直催逼得林先生再没有话语支吾了。 如果寿生再不来，林先生只有向恒源钱庄借款的一法，这一来，林先生又将多负担五六十元的利息，这在见天亏本的林先生委实比割肉还心疼。

到四点钟光景，林先生忽然听得街上走过的人们乱哄哄地在议论着什么，人们的脸色都很惶急，似乎发生了什么大事情了。 一心惦念着出去收账的寿生是否平安的林先生就以为一定是快班船遭了强盗抢，他的心卜卜地乱跳。 他唤住了一个路人焦急地问道：

"什么事？ 是不是栗市快班遭了强盗抢？"

"哦！ 又是强盗抢么？ 路上真不太平！ 抢，还是小事，还要绑人去哪!"

那人，有名的闲汉陆和尚，含糊地回答，同时睐着半只眼睛看林先生铺子里花花绿绿的货物。 林先生不得要领，心里更急，丢开陆和尚，就去问第二个走近来的人，桥头的王三毛。

"听说栗市班遭抢，当真么？"

"那一定是太保阿书手下人干的，太保阿书是枪毙了，他的手下人多么厉害!"

王三毛一边回答，一边只顾走。 可是林先生却急坏了，冷汗从额角上钻出来。 他早就估量到寿生一定是今天回来，而且是从栗市——收账程序中预定的最后一处，坐快班船回来。 此刻已是四点钟，不见他来，王三毛又是那样说，那还有什么疑义么？ 林先生竟忘记了这所谓"栗市班遭强盗抢"乃是自己的发明了! 他满脸急汗，直往"内宅"跑；在那对蝴蝶门边忘记跨门槛，几乎绊了一跤。

"爸爸! 上海打仗了! 东洋兵放炸弹烧闸北——"

林小姐大叫着跑到林先生跟前。

林先生怔了一下。 什么上海打仗，原就和他不相干，但中间既然牵连着"东洋兵"，又好像不能不追问一声了。 他看着女儿的很兴奋的脸孔问道：

"东洋兵放炸弹么？ 你从哪里听来的？"

"街上走过的人全是那么说。 东洋兵放大炮，掷炸弹。

闸北烧光了！"

"哦，那么，有人说栗市快班强盗抢么？"

林小姐摇头，就像扑火的灯蛾似的扑向外面去了。 林先生迟疑了一会儿，站在那蝴蝶门边抓头皮。 林大娘在里面打呃，又是喃喃地祷告："菩萨保佑，炸弹不要落到我们头上来！"林先生转身再到铺子里，却见女儿和两个店员正在谈得很热闹。 对门生泰杂货店里的老板金老虎也站在柜台外边指手划脚地讲谈。 上海打仗，东洋飞机掷炸弹烧了闸北，上海已经罢市，全都证实了。 强盗抢快班船么？ 没有听人说起过呀！ 栗市快班么？ 早已到了，一路平安。 金老虎看见那快班船上的伙计刚刚背着两个蒲包走过的。 林先生心里松一口气，知道寿生今天又没回来，但也知道好好儿的没有逢到强盗抢。

现在是满街都在议论上海的战事了。 小伙计们夹在闹里骂"东洋乌龟！"竟也有人当街大呼："再买东洋货就是忘八！"林小姐听着，脸上就飞红了一大片。 林先生却还不动神色。 大家都卖东洋货，并且大家花了几百块钱以后，都已经奉着特许："只要把东洋商标撕去了就行。"他现在满店的货物都已经称为"国货"，买主们也都是"国货，国货"地说着，就拿走了。 在此满街人人为了上海的战事而没有心思想到生意的时候，林先生始终在筹虑他的正事。 他还是不肯花重利去借庄款，他去和上海号家的收账客人情商，请他再多等这么一天两天。 他的寿生极迟明天傍晚总该会到。

"林老板，你也是明白人，怎么说出这种话来呀！ 现在上海开了火，说不定明后天火车就不通，我是巴不得今晚上就动身呢！ 怎么再等一两天？ 请你今天把账款缴清，明天一早我好走。 我也是吃人家的饭，请你照顾照顾罢！"

上海客人毫无通融地拒绝了林先生的情商。 林先生看来是无可商量了，只好忍痛去到恒源钱庄去商借。 他还恐怕那"钱猢狲"知道他是急用，要趁火打劫，高抬利息。 谁知钱庄经理的口气却完全不对了。 那痨病鬼经理听完了林先生的申请，并没作答，只管捧着他那老古董的水烟筒卜落落卜落落的呼，直到烧完一根纸吹，这才慢吞吞地说：

"不行了！ 东洋兵开仗，上海罢市，银行钱庄都封关，知道他们几时弄得好！ 上海这路一断，敝庄就成了没脚蟹，汇划不通，比尊处再好的户头也只好不做了。 对不起，实在爱莫能助！"

林先生呆了一呆，还总以为这痨病鬼经理故意刁难，无非是为提高利息作地步，正想结结实实说几句恳求的话，却不料那经理又逼进一步道：

"刚才敝东吩咐过，他得的信，这次的乱子恐怕要闹大，叫我们收紧盘子！ 尊处原欠五百，二十二那天，又是一百，总共是六百，年关前总得扫数归清；我们也算是老主顾，今天先透一个信，免得临时多费口舌，大家面子上难为情。"

"哦——可是小店里也实在为难。 要看账头收得怎样。"

林先生呆了半晌，这才呐出这两句话。

"嘿！ 何必客气！ 宝号里这几天来的生意比众不同，区区六百块钱，还为难么？ 今天是同老兄说明白了，总望扫数归清，我在敝东跟前好交代。"

痨病鬼经理冷冷地说，站起来了。 林先生冷了半截身子，瞧情形是万难挽回，只好硬着头皮走出了那家钱庄。 他此时这才明白原来远在上海的打仗也要影响到他的小铺子了。 今年的年关当真是难过：上海的收账客人立逼着要钱，恒源里不许宕过年，寿生还没回来，不知道他怎样了，镇上的账头，去年只收起八成，今年瞧来连八成都捏不稳——横在他前面的路，只是一条："暂停营业，清理账目！"而这条路也就等于破产，他这铺子里早已没有自己的资本，一旦清理，剩给他的，光景只有一家三口三个光身子！

林先生愈想愈忧，走过那座望仙桥时，他看着桥下的浑水，几乎想纵身一跳完事。 可是有一个人在背后唤他道：

"林先生，上海打仗了，是真的罢？ 听说东栅外刚刚调来了一支兵，到商会里要借饷，开口就是二万，商会里正在开会呢！"

林先生急回过脸去看，原来正是那位存有两百块钱在他铺子里的陈老七，也是林先生的一位债主。

"哦——"

林先生打一个冷噤，只回答了这一声，就赶快下桥，一口气跑回家去。

四

这晚上的夜饭，林大娘在家常的一荤二素以外，特又添了一个碟子，是到八仙楼买来的红焖肉，林先生心爱的东西。另外又有一斤黄酒。林小姐笑不离口，为的铺子里生意好，为的大绸新旗袍已经做成，也为的上海竟然开火，打东洋人。林大娘打呃的次数更加少了，差不多十分钟只来一回。

只有林先生心里发闷到要死。他喝着闷酒，看看女儿，又看看老婆，几次想把那炸弹似的恶消息宣布，然而终于没有那样的勇气。并且他还不曾绝望，还想挣扎，至少是还想掩饰他的两下里碰不到头。所以当商会里议决了答应借饷五千并且要林先生摊认二十元的时候，他毫不推托，就答应下来了。他决定非到最后五分钟不让老婆和女儿知道那家道困难的真实情形。他的划算是这样的：人家欠他的账收一个八成罢，他还人家的账也是个八成——反正可以借口上海打仗，钱庄不通；为难的是人欠我欠之间尚差六百光景，那只有用剜肉补疮的方法拼命放盘卖贱货，且捞几个钱来渡过了眼前再说。这年头儿，谁能够顾到将来呢？眼前得过且过。

是这么想定了方法，又加上那一斤黄酒的力量，林先生倒酣睡了一夜，噩梦也没有半个。

　　第二天早上，林先生醒来时已经是六点半钟，天色很阴沉。林先生觉得有点头晕。他匆匆忙忙吞进两碗稀饭，就到铺子里，一眼就看见那位上海客人板起了脸孔在那里坐守"回话"。而尤其叫林先生猛吃一惊的，是斜对门的裕昌祥也贴起红红绿绿的纸条，也在那里"大放盘照码九折"了！林先生昨夜想好的"如意算盘"立刻被斜对门那些红绿纸条冲一个摇摇不定。

　　"林老板，你真是开玩笑！昨晚上不给我回音。轮船是八点钟开，我还得转乘火车，八点钟这班船我是非走不行！请你快点——"

　　上海客人不耐烦地说，把一个拳头在桌子上一放。林先生只有赔不是，请他原谅，实在是因为上海打仗钱庄不通，彼此是多年的老主顾，务请格外看承。

　　"那么叫我空手回去么？"

　　"这，这，断乎不会。我们的寿生一回来，有多少付多少，我要是藏落半个钱，不是人！"

　　林先生颤着声音说，努力忍住了滚到眼眶边的眼泪。

　　话是说到尽头了，上海客人只好不再噜苏，可是他坐在那里不肯走。林先生急得什么似的，心是卜卜地乱跳。近年他虽然万分拮据，面子上可还遮得过；现在摆一个人在铺子里坐守，这件事要是传扬开去，他的信用可就完了，他的债户还多着呢，万一群起效尤，他这铺子只好立刻关门。他在没有办法中想办法，几次请这位讨账客人到内宅去坐，然而讨账客人不肯。

　　天又索索地下起冻雨来了。 一条街上冷清清地简直没有人行。 自有这条街以来，从没见过这样萧索的腊尾岁尽。 朔风吹着那些招牌，嚓嚓地响。 渐渐地冻雨又有变成雪花的模样。

　　沿街店铺里的伙计们靠在柜台上仰起了脸发怔。

　　林先生和那位收账客人有一句没一句的闲谈着。 林小姐忽然走出蝴蝶门来站在街边看那索索的冻雨。 从蝴蝶门后送来的林大娘的呃呃的声音又渐渐儿加勤。 林先生嘴里应酬着，一边看看女儿，又听听老婆的打呃，心里一阵一阵酸上来，想起他的一生简直毫没幸福，然而又不知道坑害他到这地步的，究竟是谁。 那位上海客人似乎气平了一些了，忽然很恳切地说：

　　"林老板，你是个好人。 一点嗜好都没有，做生意很巴结认真。 放在二十年前，你怕不发财么？ 可是现今时势不同，捐税重，开销大，生意又清，混得过也还是你的本事。"

　　林先生叹一口气苦笑着，算是谦逊。

　　上海客人顿了一顿，又接着说下去：

　　"贵镇上的市面今年又比上年差些，是不是？ 内地全靠乡庄生意，乡下人太穷，真是没有法子——呀，九点钟了！怎么你们的收账伙计还没来呢？ 这个人靠得住么？"

　　林先生心里一跳，暂时回答不出来。 虽然是七八年的老伙计，一向没有出过岔子，但谁能保到底呢！ 而况又是过期不见回来。 上海客人看着林先生那迟疑的神气，就笑，那笑声有几分异样。 忽然那边林小姐转脸对林先生急促地叫道：

"爸爸，寿生回来了！ 一身泥！"

显然林小姐的叫声也是异样的，林先生跳起来，又惊又喜，着急的想跑到柜台前去看，可是心慌了，两腿发软。 这时寿生已经跑了进来，当真是一身泥，气喘喘地坐下了，说不出话来。 林先生估量那情形不对，吓得没有主意，也不开口。 上海客人在旁边皱眉头。 过了一会儿，寿生方才喘着气说：

"好险呀！ 差一些儿被他们抓住了。"

"到底是强盗抢了快班船么？"

林先生惊极，心一横，倒逼出话来了。

"不是强盗。 是兵队拉夫呀！ 昨天下午赶不上趁快班。今天一早趁航船，哪里知道航船听得这里要捉船，就停在东栅外了。 我上岸走不到半里路，就碰到拉夫。 西面宝祥衣庄的阿毛被他们拉去了。 我跑得快，抄小路逃了回来。 他妈的，性命交关！"

寿生一面说，一面撩起衣服，从肚兜里掏出一个手巾包来递给了林先生，又说道：

"都在这里了。 栗市的那家黄茂记很可恶，这种户头，我们明年要留心！ ——我去洗一个脸，换件衣服再来。"

林先生接了那手巾包，捏一把，脸上有些笑容了。 他到账台里打开那手巾包来。 先看一看那张"清单",打了一会儿算盘,然后点检银钱数目:是大洋十一元,小洋二百角,钞票四百二十元,外加即期庄票两张,一张是规元①五十两,又一张是规元六十五两。 这全部付给上海客人,照账算也还差一百多元。 林先生凝神想了半晌,斜眼偷看了坐在那里吸烟的上海客人几次,方才叹一口气,割肉似的拿起那两张庄票和四百元钞票捧到上海客人跟前,又说了许多话,方才得到上海客人点一下头,说一声"对啦"。

但是上海客人把庄票看了两遍,忽又笑着说道:

"对不起,林老板,这庄票,费神兑了钞票给我罢!"

"可以,可以。"

林先生连忙回答,慌忙在庄票后面盖了本店的书柬图章,派一个伙计到恒源庄去取现,并且叮嘱了要钞票。 又过了半晌,伙计却是空手回来。 恒源庄把票子收了,但不肯付钱;据说是扣抵了林先生的欠款。 天是在当真下雪了,林先生也没张伞,冒雪到恒源庄去亲自交涉,结果是徒然。

"林老板,怎样了呢?"

看见林先生苦着脸跑回来,那上海客人不耐烦地问了。

林先生几乎想哭出来,没有话回答,只是叹气。 除了央求那上海客人再通融,还有什么别的办法? 寿生也来了,帮

---

　　① 规元,又称为规银、九八规元。1933 年以前,规元是上海通行的一种记账货币,只用作记账,并无实银,以上海银炉所铸二七宝银折算使用。

着林先生说。 他们赌咒：下欠的二百多元，赶明年初十边一定汇到上海。 是老主顾了，向来三节清账，从没半句话，今儿实在是意外之变，大局如此，没有办法，非是他们刁赖。

然而不添一些，到底是不行的。 林先生忍痛又把这几天内卖得的现款凑成了五十元，算是总共付了四百五十元，这才把那位叫人头痛的上海收账客人送走了。

此时已有十一点了，天还是飘飘扬扬落着雪。 买客没有半个。 林先生纳闷了一会儿，和寿生商量本街的账头怎样去收讨。 两个人的眉头都皱紧了，都觉得本镇的六百多元账头收起来真没有把握。 寿生挨着林先生的耳朵悄悄地说道：

"听说南栅的聚隆，西栅的和源，都不稳呢！ 这两处欠我们的，就有三百光景，这两笔倒账要预先防着，吃下了，可不是玩的！"

林先生脸色变了，嘴唇有点抖。 不料寿生把声音再放低些，支支吾吾地说出了更骇人的消息来：

"还有，还有讨厌的谣言，是说我们这里了。 恒源庄上一定听得了这些风声，这才对我们逼得那么急，说不定上海的收账客人也有点晓得——只是，谁和我们作对呢？ 难道就是斜对门么？"

寿生说着，就把嘴向裕昌祥那边努了一努。 林先生的眼光跟着寿生的嘴也向那边瞥了一下，心里直是乱跳，哭丧着脸，好半天说不出话来。 他的又麻又痛的心里感到这一次他准是毁了！ ——不毁才是作怪：党老爷敲诈他，钱庄压逼他，同业又中伤他，而又要吃倒账，凭谁也受不了这样重重的磨折罢？ 而究竟为了什么他应该活受罪呀！ 他，从父亲手里继承下这小小的铺子，从没敢浪费；他，做生意多么巴结；他，没有害过人，没有起过歹心；就是他的祖上，也没害过人，做过歹事呀！ 然而他直如此命苦！

"不过，师傅，随他们去造谣罢，你不要发急。 荒年传乱话，听说是镇上的店铺十家有九家没法过年关。 时势不好，市面清得不成话。 素来硬朗的铺子今年都打饥荒，也不是我们一家困难！ 天塌压大家，商会里总得议个办法出来；总不能大家一齐拖倒，弄得市面更加不像市面。"

看见林先生急苦了，寿生姑且安慰着，忍不住也叹了一口气。

雪是愈下愈密了，街上已经见白。 偶尔有一条狗垂着尾巴走过，抖一抖身体，摇落了厚积在毛上的那些雪，就又悄悄地夹着尾巴走了。 自从有这条街以来，从没见过这样冷落凄凉的年关！ 而此时，远在上海，日本军的重炮正在发狂地轰毁那边繁盛的市廛。

五

凄凉的年关，终于也过去了。 镇上的大小铺子倒闭了二十八家。 内中有一家"信用素著"的绸庄。 欠了林先生三百元货账的聚隆与和源也毕竟倒了。 大年夜的白天，寿生到那两个铺子里磨了半天，也只拿了二十多块来；这以后，就听说没有一个收账员拿到半文钱，两家铺子的老板都躲得不见面了。 林先生自己呢，多亏商会长一力斡旋，还无须往乡下躲，然而欠下恒源钱庄的四百多元非要正月十五以前还清不可；并且又订了苛刻的条件：从正月初五开市那天起，恒源就要派人到林先生铺子里"守提"，卖得的钱，八成归恒源扣账。

新年那四天，林先生家里就像一个冰窖。 林先生常常叹气，林大娘的打呃像连珠炮。 林小姐虽然不打呃，也不叹气，但是呆呆地好像害了多年的黄病。 她那件大绸新旗袍，为的要付吴妈的工钱，已经上了当铺；小学徒从清早七点钟就去那家唯一的当铺门前守候，直到九点钟方才从人堆里拿了两块钱挤出来。 以后，当铺就止当了。 两块钱！ 这已是最高价。 随你值多少钱的贵重衣饰，也只能当得两块呢！叫做"两块钱封门"。 乡下人忍着冷剥下身上的棉袄递上柜台去，那当铺里的伙计拿起来抖了一抖，就直丢出去，怒声喊道："不当!"

元旦起，是大好的晴天。 关帝庙前那空场上，照例来了跑江湖赶新年生意的摊贩和变把戏的杂耍。 人们在那些摊子面前懒懒地拖着腿走，两手扪着空的腰包，就又懒懒地走开了。

孩子们拉住了娘的衣角，赖在花炮摊前不肯走，娘就给他一个老大的耳光。 那些特来赶新年的摊贩们连伙食都开销不了，白赖在"安商客寓"里，天天和客寓主人吵闹。

只有那班变把戏的出了八块钱的大生意，党老爷们唤他们去点缀了一番"升平气象"。

初四那天晚上，林先生勉强筹措了三块钱，办一席酒请铺子里的"相好"吃照例的"五路酒"，商量明天开市的办法。 林先生早就筹思过熟透：这铺子开下去呢，眼见得是亏本的生意，不开呢，他一家三口儿简直没有生计，而且到底人家欠他的货账还有四五百，他一关门更难讨取；惟一的办法是减省开支，但捐税派饷是逃不了的，"敲诈"尤其无法躲避，裁去一两个店员罢，本来他只有三个伙计，寿生是左右手，其余的两位也是怪可怜见的，况且辞歇了到底也不够招呼生意；家里呢，也无可再省，吴妈早已辞歇。 他觉得只有硬着头皮做下去，或者靠菩萨的保佑，乡下人春蚕熟，他的亏空还可以补救。

但要开市，最大的困难是缺乏货品。 没有现钱寄到上海去，就拿不到货。 上海打得更厉害了，赊账是休转这念头。卖底货罢，他店里早已淘空，架子上那些装卫生衣的纸盒就是空的，不过摆在那里装幌子。 他铺子里就剩了些日用杂货，脸盆毛巾之类，存底还厚。

大家喝了一会儿闷酒，抓腮挖耳地想不出好主意。 后来谈起闲天来，一个伙计忽然说：

"乱世年头，人比不上狗！ 听说上海闸北烧得精光，几十万人都只逃得一个光身子。 虹口一带呢，烧是还没烧，人都逃光了，东洋人凶得很，不许搬东西。 上海房钱涨起几倍。 逃出来的人都到乡下来了，昨天镇上就到了一批，看样子都是好好的人家，现在却弄得无家可归！"

林先生摇头叹气。 寿生听了这话，猛的想起了一个好办法；他放下了筷子，拿起酒杯来一口喝干了，笑嘻嘻对林先生说道：

"师傅，听得阿四的话么？ 我们那些脸盆，毛巾，肥皂，袜子，牙粉，牙刷，就可以如数销清了。"

林先生瞪出了眼睛，不懂得寿生的意思。

"师傅，这是天大的机会。 上海逃来的人，总还有几个钱，他们总要买些日用的东西，是不是？ 这笔生意，我们赶快张罗。"

寿生接着又说。 再筛出一杯酒来喝了，满脸是喜气。两个伙计也省悟过来了，哈哈大笑。 只有林先生还不很了然。 近来的逆境已经把他变成糊涂。 他惘然问道：

"你拿得稳么？ 脸盆，毛巾，别家也有——"

"师傅，你忘记了！ 脸盆毛巾一类的东西只有我们存底独多！ 裕昌祥里拿不出十只脸盆，而且都是拣剩货。 这笔生意，逃不出我们的手掌心的了！ 我们赶快多写几张广告到四栅去分贴，逃难人住的地方——嗳，阿四，他们住在什么地方？ 我们也要去贴广告。"

"他们有亲戚的住到亲戚家里去了，没有的，还借住在西栅外茧厂的空房子。"

叫做阿四的伙计回答，脸上发亮，很得意自己的无意中立了大功。林先生这时也完全明白了。心里一快乐，就又灵活起来，他马上拟好了广告的底稿，专拣店里有的日用品开列上去，约摸也有十几种。他又摹仿上海大商店卖"一元货"的方法，把脸盆，毛巾，牙刷，牙粉配成一套卖一块钱，广告上就大书"大廉价一元货"。店里本来还有余剩下的红绿纸，寿生大张的裁好了，拿笔就写。两个伙计和学徒就乱哄哄地拿过脸盆，毛巾，牙刷，牙粉来装配成一组。人手不够，林先生叫女儿出来帮着写，帮着扎配，另外又配出几种"一元货"，全是零星的日用必需品。

这一晚上，林家铺子里直忙到五更左右，方才大致就绪。第二天清早，开门鞭炮响过，排门开了，林家铺子布置得又是一新。漏夜赶起来的广告早已漏夜分头贴出去。西栅外茧厂一带是寿生亲自去布置，哄动那些借住在茧厂里的逃难人都起来看，当作一件新闻。

"内宅"里，林大娘也起了个五更，瓷观音面前点了香，林大娘爬着磕了半天响头。她什么都祷告全了，就只差没有祷告菩萨要上海的战事再扩大再延长，好多来些逃难人。

一切都很顺利，一切都不出寿生的预料。新正开市第一天就只林家铺子生意很好，到下午四点多钟，居然卖了一百多元，是这镇上近十年来未有的新纪录。销售的大宗，果然是"一元货"，然而洋伞橡皮雨鞋之类却也带起了销路，并且那生意也做的干脆有味。虽然是"逃难人"，却毕竟住在上海，见过大场面，他们不像乡下人或本镇人那么小格式，他们买东西很爽利，拿起货来看了一眼，现钱交易，从不拣来拣去，也不硬要除零头。

林大娘看见女儿兴冲冲地跑进来夸说一回，就爬到瓷观音面前磕了一回头。 她心里还转了这样的念头：要不是岁数相差得多，把寿生招做女婿倒也是好的！ 说不定在寿生那边也时常用半只眼睛看望着这位厮熟的十七岁的"师妹"。

只有一点，使林先生扫兴：恒源庄毫不顾面子地派人来提取了当天营业总数的八成。 并且存户朱三阿太，桥头陈老七，还有张寡妇，不知听了谁的怂恿，都借了"要量米吃"的借口，都来预支息金；不但支息金，还想拔提一点存款呢！ 但也有一个喜讯，听说又到了一批逃难人。

晚餐时，林先生添了两碟荤菜，酬劳他的店员。 大家称赞寿生能干。 林先生虽然高兴，却不能不惦念着朱三阿太等三位存户要提存款的事情。 大新年碰到这种事，总是不吉利。

寿生忿然说：

"那三个懂得什么呢！ 还不是有人从中挑拨！"

说着，寿生的嘴又向斜对门努了一努。 林先生点头。可是这三位不懂什么的，倒也难以对付：一个是老头子，两个是孤苦的女人，软说不肯，硬来又不成。 林先生想了半天觉得只有去找商会长，请他去和那三位宝贝讲开。 他和寿生说了，寿生也竭力赞成。

　　于是晚饭后算过了当天的"流水账"，林先生就去拜访商会长。

　　林先生说明了来意后，那商会长一口就应承了，还夸奖林先生做生意的手段高明，他那铺子一定能够站住，而且上进。　摸着自己的下巴，商会长又笑了一笑，侧过身体来说道：

　　"有一件事，早就想对你说，只是没有机会。　镇上的卜局长不知在哪里见过令爱来，极为中意；卜局长年将四十，还没有儿子，屋子里虽则放着两个人，都没生育过；要是令爱过去，生下一男半女，就是现成的局长太太。　呵，那时，就连我也沾点儿光呢！"

　　林先生做梦也想不到会有这样的难题，当下怔住了做不得声。　商会长却又郑重地接着说：

　　"我们是老朋友，什么话都可以讲个明白。　论到这种事呢，照老派说，好像面子上不好听，然而也不尽然。　现在通行这一套，令爱过去也算是正的。　——况且，卜局长既然有了这个心，不答应他有许多不便之处；答应了，将来倒有巴望。　我是替你打算，才说这个话。"

　　"咳，你怕不是好意劝我仔细！　可是，我是小户人家，小女又不懂规矩，高攀卜局长，实在不敢！"

　　林先生硬着头皮说，心里卜卜乱跳。

　　"哈，哈，不是你高攀，是他中意。　——就这么罢，你回去和尊夫人商量商量，我这里且搁着，看见卜局长时，就说还没机会提过，行不行呢？ 可是你得早点给我回音！"

"嗯——"

筹思了半晌，林先生勉强应着，脸色像是死人。

回到家里，林先生支开了女儿，就一五一十对林大娘说了。 他还没说完，林大娘的呃就大发作，光景邻居都听得清。

她勉强抑住了那些涌上来的呃，喘着气说道：

"怎么能够答应，呃，就不是小老婆，呃，呃——我也舍不得阿秀到人家去做媳妇。"

"我也是这个意思，不过——"

"呃，我们规规矩矩做生意，呃，难道我们不肯，他好抢了去不成？ 呃——"

"不过他一定要来找讹头生事！ 这种人比强盗还狠心！"

林先生低声说，几乎落下眼泪来。

"我拼了这条老命。 呃！ 救苦救难观世音呀！"

林大娘颤着声音站了起来，摇摇摆摆想走。 林先生赶快拦住，没口地叫道：

"往哪里去？ 往哪里去？"

同时林小姐也从房外来了，显然已经听见了一些，脸色灰白，眼睛死瞪瞪地。 林大娘看见女儿，就一把抱住了，一边哭，一边打呃，一边喃喃地挣扎着喘着气说：

"呃，阿囡，呃，谁来抢你去，呃，我同他拼老命！

呃，生你那年我得了这个——病，呃，好容易养到十七岁，呃，呃，死也死在一块儿！ 呃，早给了寿生多么好呢！呃！ 强盗！ 不怕天打的！"

林小姐也哭了，叫着"妈！"林先生搓着手叹气。 看看哭得不像样，窄房浅屋的要惊动邻舍，大新年也不吉利，他只好忍着一肚子气来劝母女两个。

这一夜，林家三口儿都没有好生睡觉。 明天一早林先生还得起来做生意，在一夜的转侧愁思中，他偶尔听得屋面上一声响，心就卜卜地跳，以为是卜局长来寻他生事来了；然而定了神仔细想起来，自家是规规矩矩的生意人，又没犯法，只要生意好，不欠人家的钱，难道好无端生事，白诈他不成？ 而他的生意呢，眼前分明有一线生机。 生了个女儿长的还端正，却又要招祸！ 早些定了亲，也许不会出这岔子？ ——商会长是不是肯真心帮忙呢，只有恳求他设法——可是林大娘又在打呃了，咳，她这病！

天刚发白，林先生就起身，眼圈儿有点红肿，头里发昏。 可是他不能不打起精神招呼生意。 铺面上靠寿生一个到底不行，这小伙子近几天来也就累得够了。

林先生坐在账台里，心总不定。 生意虽然好，他却时时浑身的肉发抖。 看见面生的大汉子上来买东西，他就疑惑是卜局长派来的人，来侦察他，来寻事，他的心直跳得发痛。却也作怪，这天生意之好，出人意料。 到正午，已经卖了五六十元，买客们中间也有本镇人。 那简直不像买东西，简直像是抢东西，只有倒闭了铺子拍卖底货的时候才有这种光景。 林先生一边有点高兴，一边却也看着心惊，他估量"这样的好生意气色不正"。 果然在午饭的时候，寿生就悄悄告诉道：

"外边又有谣言，说是你拆烂污卖一批贱货，捞到几个钱，就打算逃走！"

林先生又气又怕，开不得口。 突然来了两个穿制服的人，直闯进来问道：

"谁是林老板？"

林先生慌忙站了起来，还没回答，两个穿制服的拉住他就走。 寿生追上去，想要拦阻，又想要探询，那两个人厉声吆喝道：

"你是谁？ 滚开！ 党部里要他问话！"

六

那天下午，林先生就没有回来。 店里生意忙，寿生又不能抽空身子尽自去探听。 里边林大娘本来还被瞒着，不防小学徒漏了嘴，林大娘那一急几乎一口气死去。 她又死不放林小姐出那对蝴蝶门儿，说是：

"你的爸爸已经被他们捉去了，回头就要来抢你！呃——"

她只叫寿生进来问底细，寿生瞧着情形不便直说，只含糊安慰了几句道：

"师母，不要着急，没有事的！ 师傅到党部里去理直那些存款呢。 我们的生意好，怕什么的！"

背转了林大娘的面，寿生悄悄告诉林小姐，"到底为什么，还没得个准信儿。"他叮嘱林小姐且安心伴着"师母"，外边事有他呢。 林小姐一点主意也没有，寿生说一句，她就点一下头。

这样又要照顾外面的生意，又要挖空心思找出话来对付林大娘不时的追询，寿生更没有工夫去探听林先生的下落。直到上灯时分，这才由商会长给他一个信：林先生是被党部扣住了，为的外边谣言林先生打算卷款逃走，然而林先生除有庄款和客账未清外，还有朱三阿太，桥头陈老七，张寡妇三位孤苦人儿的存款共计六百五十元没有保障，党部里是专替这些孤苦人儿谋利益的，所以把林先生扣起来，要他理直这些存款。

寿生吓得脸都黄了，呆了半晌，方才问道：

"先把人保出来，行么？ 人不出来，哪里去弄钱来呢？"

"嘿！ 保出人来！ 你空手去，让你保么？"

"会长先生，总求你想想法子，做好事。 师傅和你老人家向来交情也不差，总求你做做好事！"

商会长皱着眉头沉吟了一会儿，又端相着寿生半晌，然后一把拉寿生到屋角里悄悄说道：

"你师傅的事，我岂有袖手旁观之理。 只是这件事现在弄僵了！ 老实对你说，我求过卜局长出面讲情，卜局长只要你师傅答应一件事，他是肯帮忙的；我刚才到党部里会见你的师傅，劝他答应，他也答应了，那不是事情完了么？ 不料党部里那个黑麻子真可恶，他硬不肯——"

"难道他不给卜局长面子？"

"就是呀！ 黑麻子反而噜里噜苏说了许多，卜局长几乎下不得台。 两个人闹翻了！ 这不是这件事弄得僵透？"

寿生叹了口气，没有主意。 停一会儿，他又叹一口气说：

"可是师傅并没犯什么罪。"

"他们不同你讲理！ 谁有势，谁就有理！ 你去对林大娘说，放心，还没吃苦，不过要想出来，总得花点儿钱！"

商会长说着，伸两个指头一扬，就匆匆地走了。

寿生沉吟着，没有主意；两个伙计攒住他探问，他也不回答。 商会长这番话，可以告诉"师母"么？ 又得花钱！ "师母"有没有私蓄，他不知道；至于店里，他很明白，两天来卖得的现钱，被恒源提了八成去，剩下只有五十多块，济得什么事！ 商会长示意总得两百。 知道还够不够呀！ 照这样下去，生意再好些也不中用。 他觉得有点灰心了。

里边又在叫他了！ 他只好进去瞧光景再定主意。

林大娘扶住了女儿的肩头，气喘喘地问道：

"呃，刚才，呃——商会长来了，呃，说什么？"

"没有来呀！"

寿生撒一个谎。

"你不用瞒我，呃——我，呃，全知道了。 呃，你的脸色吓得焦黄！ 阿秀看见的，呃！"

"师母放心，商会长说过不要紧。 ——卜局长肯帮忙——"

"什么？ 呃，呃——什么？ 卜局长肯帮忙！ ——呃，呃，大慈大悲的菩萨，呃，不要他帮忙！ 呃，呃，我知道，你的师傅，呃，呃，没有命了！ 呃，我也不要活了！ 呃，只是这阿秀，呃，我放心不下！ 呃，呃，你同了她去！ 呃，你们好好的做人家！ 呃，呃，寿生，呃，你待阿秀好，我就放心了！ 呃，去呀！ 他们要来抢！ 呃——狠心的强盗！ 观世音菩萨怎么不显灵呀！"

寿生睁大了眼睛，不知道怎样回话。 他以为"师母"疯了，但可又一点不像疯。 他偷眼看他的"师妹"，心里有点跳；林小姐满脸通红，低了头不作声。

"寿生哥，寿生哥，有人找你说话！"

小学徒一路跳着喊进来。 寿生慌忙跑出去，总以为又是商会长什么的来了，哪里知道竟是斜对门裕昌祥的掌柜吴先生。"他来干什么？"寿生肚子里想，眼光盯住在吴先生的脸上。

吴先生问过了林先生的消息，就满脸笑容，连说"不要紧"。 寿生觉得那笑脸有点异样。

"我是来找你划一点货——"

吴先生收了笑容，忽然转了口气，从袖子里摸出一张纸来。 是一张横单，写着十几行，正是林先生所卖"一元货"的全部。 寿生一眼瞧见就明白了，原来是这个把戏呀！ 他立刻说：

"师傅不在，我不能做主。"

"你和你师母说，还不是一样！"

寿生踌躇着不能回答。 他现在有点懂得林先生之所以被捕了。 先是谣言林先生要想逃，其次是林先生被扣住了，而现在却是裕昌祥来挖货，这一连串的线索都明白了。 寿生想来有点气，又有点怕，他很知道，要是答应了吴先生的要求，那么，林先生的生意，自己的一番心血，都完了。 可是不答应呢，还有什么把戏来，他简直不敢想下去了。 最后他姑且试一试说：

"那么，我去和师母说，可是，师母女人家专要做现钱交易。"

"现钱么？ 哈，寿生，你是说笑话罢？"

"师母是这种脾气，我也是没法。 最好等明天再谈罢。刚才商会长说，卜局长肯帮忙讲情，光景师傅今晚上就可以回来了。"

寿生故意冷冷的说，就把那张横单塞还吴先生的手里。吴先生脸上的肉一跳，慌忙把横单又推回到寿生手里，一面没口应承道：

“好，好，现账就是现账。 今晚上交货，就是现账。”

寿生皱着眉头再到里边，把裕昌祥来挖货的事情对林大娘说了，并且劝她：

“师母，刚才商会长来，确实说师傅好好的在那里，并没吃苦；不过总得花几个钱，才能出来。 店里只有五十块。现在裕昌祥来挖货，照这单子上看，总也有一百五十块光景，还是挖给他们罢，早点救师傅出来要紧！”

林大娘听说又要花钱，眼泪直淌，那一阵呃，当真打得震天响，她只是摇手，说不出话，头靠在桌子上，把桌子捶得怪响。 寿生瞧来不是路，悄悄的退出去，但在蝴蝶门边，林小姐追上来了。 她的脸色像死人一样白，她的声音抖而且哑，她急口地说：

“妈是气糊涂了！ 总说爸爸已经被他们弄死了！ 你，你赶快答应裕昌祥，赶快救爸爸，寿生哥，你——”

林小姐说到这里，忽然脸一红，就飞快地跑进去了。 寿生望着她的后影，呆立了半分钟光景，然后转身，下决心担负这挖货给裕昌祥的责任，至少“师妹”是和他一条心要这么办了。

夜饭已经摆在店铺里了，寿生也没有心思吃，立等着裕昌祥交过钱来，他拿一百在手里，另外身边藏了八十，就飞跑去找商会长。

半点钟后，寿生和林先生一同回来了。 跑进“内宅”的时候，林大娘看见了倒吓一跳。

认明是当真活的林先生时，林大娘急急爬在瓷观音前磕响头，比她打呃的声音还要响。 林小姐光着眼睛站在旁边，像是要哭，又像是要笑。 寿生从身旁掏出一个纸包来，放在桌子上说：

"这是多下来的八十块钱。"

林先生叹了一口气，过一会儿，方才有声没气地说道：

"让我死在那边就是了，又花钱弄出来！ 没有钱，大家还是死路一条！"

林大娘突然从地上跳起来，着急的想说话，可是一连串的呃把她的话塞住了。 林小姐忍住了声音，抽抽咽咽地哭。林先生却还不哭，又叹一口气，哽咽着说：

"货是挖空了！ 店开不成，债又逼的紧——"

"师傅！"

寿生叫了一声，用手指蘸着茶，在桌子上写了一个"走"字给林先生看。

林先生摇头，眼泪扑簌簌地直淌；他看看林大娘，又看看林小姐，又叹一口气。

"师傅！ 只有这一条路了。 店里拼凑起来，还有一百块，你带了去，过一两个月也就够了；这里的事，我和他们理直。"

寿生低声说。 可是林大娘却偏偏听得了，她忽然抑住了呃，抢着叫道：

"你们也去！ 你，阿秀。 放我一个人在这里好了，我拼老命！ 呃！"

忽然异常少健起来，林大娘转身跑到楼上去了。 林小姐叫着"妈"，随后也追了上去。 林先生望着楼梯发怔，心里感到有什么要紧的事，却又乱麻麻地总是想不起。 寿生又低声说：

"师傅，你和师妹一同走罢！ 师妹在这里，师母是不放心的！ 她总说他们要来抢——"

林先生淌着眼泪点头，可是打不起主意。

寿生忍不住眼圈儿也红了，叹一口气，绕着桌子走。

忽然听得林小姐的哭声。 林先生和寿生都一跳。 他们赶到楼梯头时，林大娘却正从房里出来，手里捧一个皮纸包儿。 看见林先生和寿生都已在楼梯头了，她就缩回房去，嘴里说"你们也来，听我的主意"。 她当着林先生和寿生的跟前，指着那纸包说道：

"这是我的私房，呃，光景有两百多块。 分一半你们拿去。 呃！ 阿秀，我做主配给寿生！ 呃，明天阿秀和她爸爸同走。 呃，我不走！ 寿生陪我几天再说。 呃，知道我还有几天活，呃，你们就在我面前拜一拜，我也放心！ 呃——"

林大娘一手拉着林小姐，一手拉着寿生，就要他们"拜一拜"。

都拜了，两个人脸上飞红，都低着头。 寿生偷眼看林小姐，看见她的泪痕中含着一些笑意，寿生心头卜卜地跳了，反倒落下两滴眼泪。

林先生松一口气，说道：

"好罢，就是这样。可是寿生，你留在这里对付他们，万事要细心！"

七

林家铺子终于倒闭了。林老板逃走的新闻传遍了全镇。债权人中间的恒源庄首先派人到林家铺子里封存底货。他们又搜寻账簿。一本也没有了。问寿生。寿生躺在床上害病。又去逼问林大娘。林大娘的回答是连珠炮似的打呃和眼泪鼻涕。为的她到底是"林大娘"，人们也没有办法。

十一点钟光景，大群的债权人在林家铺子里吵闹得异常厉害。恒源庄和其他的债权人争执怎样分配底货。铺子里虽然淘空，但连"生财"合计，也足够偿还债权者七成，然而谁都只想给自己争得九成或竟至十成。商会长说得舌头都有点僵硬了，却没有结果。

来了两个警察，拿着木棍站在门口吆喝那些看热闹的闲人。

"怎么不让我进去？我有三百块钱的存款呀！我的老本！"

朱三阿太扭着瘪嘴唇和警察争论，巍颤颤地在人堆里挤。她额上的青筋就有小指头儿那么粗。她挤了一会儿，忽然看见张寡妇抱着五岁的孩子在那里哀求另一个警察放她进去。 那警察斜着眼睛，假装是调弄那孩子，却偷偷地用手背在张寡妇的乳部揉摸。

"张家嫂呀——"

朱三阿太气喘喘地叫了一声，就坐在石阶沿上，用力地扭着她的瘪嘴唇。

张寡妇转过身来，找寻是谁唤她；那警察却用了亵昵的口吻叫道：

"不要性急！ 再过一会儿就进去！"

听得这句话的闲人都笑起来了。 张寡妇装作不懂，含着一泡眼泪，无目的地又走了一步。 恰好看见朱三阿太坐在石阶沿上喘气。 张寡妇跌撞似的也到了朱三阿太的旁边，也坐在那石阶沿上，忽然就放声大哭。 她一边哭，一边喃喃地诉说着：

"阿大的爷呀，你丢下我去了，你知道我是多么苦啊！强盗兵打杀了你，前天是三周年……绝子绝孙的林老板又倒了铺子——我十个指头做出来的百几十块钱，丢在水里了，也没响一声！ 啊哟！ 穷人命苦，有钱人心狠——"

看见妈哭，孩子也哭了；张寡妇搂住了孩子，哭的更伤心。

朱三阿太却不哭，努起了一对发红的已经凹陷的眼睛，发疯似的反复说着一句话：

"穷人是一条命，有钱人也是一条命；少了我的钱，我拼老命！"

　　此时有一个人从铺子里挤出来，正是桥头陈老七。 他满脸紫青，一边挤，一边回过头去嚷骂道：

　　"你们这伙强盗！ 看你们有好报！ 天火烧，地火爆，总有一天现在我陈老七眼睛里呀！ 要吃倒账，就大家吃，分摊到一个边皮儿，也是公平——"

　　陈老七正骂得起劲，一眼看见了朱三阿太和张寡妇，就叫着她们的名字说：

　　"三阿太，张家嫂，你们怎么坐在这里哭！ 货色，他们分完了！ 我一张嘴吵不过他们十几张嘴，这班狗强盗不讲理，硬说我们的钱不算账——"

　　张寡妇听说，哭得更加苦了。 先前那个警察忽然又踅过来，用木棍子拨着张寡妇的肩膀说：

　　"喂，哭什么？ 你的养家人早就死了。 现在还哭哪一个！"

　　"狗屁！ 人家抢了我们的，你这东西也要来调戏女人么？"

　　陈老七怒冲冲地叫起来，用力将那警察推了一把。 那警察睁圆了怪眼睛，扬起棍子就想要打。 闲人们都大喊，骂那警察。 另一个警察赶快跑来，拉开了陈老七说：

　　"你在这里吵，也是白吵。 我们和你无怨无仇，商会里叫来守门，吃这碗饭，没办法。"

　　"陈老七，你到党部里去告状罢！"

　　人堆里有一个声音这么喊。 听声音就知道是本街有名的闲汉陆和尚。

"去，去！　看他们怎样说。"

许多声音乱叫了。　但是那位做调人的警察却冷笑，扳着陈老七的肩膀道：

"我劝你少找点麻烦罢。　到那边，中什么用！　你还是等候林老板回来和他算账，他倒不好白赖。"

陈老七虎起了脸孔，弄得没有主意了。　经不住那些闲人们都撺掇着"去"，他就看着朱三阿太和张寡妇说道：

"去去怎样？　那边是天天大叫保护穷人的呀！"

"不错。　昨天他们扣住了林老板，也是说防他逃走，穷人的钱没有着落！"

又一个主张去的拉长了声音叫。　于是不由自主似的，陈老七他们三个和一群闲人都向党部所在那条路去了。　张寡妇一路上还是啼哭，咒骂打杀了她丈夫的强盗兵，咒骂绝子绝孙的林老板，又咒骂那个恶狗似的警察。

快到了目的地时，望见那门前排立着四个警察，都拿着棍子，远远地就吆喝道：

"滚开！　不准过来！"

"我们是来告状的，林家铺子倒了，我们存在那里的钱都拿不到——"

陈老七走在最前排，也高声的说。　可是从警察背后突然跳出一个黑麻子来，怒声喝打。　警察们却还站着，只用嘴威吓。　陈老七背后的闲人们大噪起来。　黑麻子怒叫道：

"不识好歹的贱狗！ 我们这里管你们那些事么？ 再不走，就开枪了！"

他跺着脚喝那四个警察动手打。 陈老七是站在最前，已经挨了几棍子。 闲人们大乱。 朱三阿太老迈，跌倒了。 张寡妇慌忙中落掉了鞋子，给人们一冲，也跌在地下，她连滚带爬躲过了许多跳过的和踏上来的脚，站起来跑了一段路，方才觉到她的孩子没有了。 看衣襟上时，有几滴血。

"啊哟！ 我的宝贝！ 我的心肝！ 强盗杀人了，玉皇大帝救命呀！"

她带哭带嚷的快跑，头发纷散。 待到她跑过那倒闭了的林家铺面时，她已经完全疯了！

1932 年 6 月 18 日作完

吾令羲和弭节兮,望崦嵫而匆迫。路曼曼其修远兮,吾将上下而求索。

——屈原《离骚》

一

"我讨厌上海,讨厌那些外国人,讨厌大商店里油嘴的伙计,讨厌黄包车夫,讨厌电车上的卖票,讨厌二房东,讨厌专站在马路旁水门汀上看女人的那班瘪三……真的,不知为什么,全上海成了我的仇人,想着就生气!"

慧女士半提高了嗓子,紧皱着眉尖说;她的右手无目的地折弄左边的衣角,露出下面的印度红的衬衫。

和她并肩坐在床沿的,是她的旧同学静女士:年约二十一二,身段很美丽,服装极幽雅,就只脸色太憔悴了些。她见慧那样愤愤,颇有些不安,拉住了慧的右手,注视她,恳切地说道:

"我也何尝喜欢上海呢!可是我总觉得上海固然讨厌,乡下也同样的讨厌;我们在上海,讨厌它的喧嚣,它的拜金主义化,但到了乡间,又讨厌乡村的固陋,呆笨,死一般的寂静了;在上海时,我们神昏头痛;在乡下时,我们又心灰意懒,和死了差不多。不过比较起来,在上海求知识还方便……我现在只想静静儿读一点书。"她说到"读书",苍白的脸上倏然掠过了一片红晕；她觉得这句话太正经，或者是太夸口了；可是"读书"两个字实在是她近来唯一的兴奋剂。 她自从去年在省里的女校闹了风潮后，便很消极，她看见许多同学渐渐地丢开了闹风潮的正目的，却和"社会上"那些仗义声援的漂亮人儿去交际——恋爱，正合着人家的一句冷嘲，简直气极了。 她对于这些"活动"，发生极端的厌恶，所以不顾热心的同学嘲笑为意志薄弱，她就半途抽身事外，她的幻想破灭了，她对一切都失望，只有"静心读书"一语，对于她还有些引诱力。 为的要找一个合于理想的读书的地方，她到上海来不满一年，已经换了两个学校。 她自己也不大明白她的读书抱了什么目的：想研究学问呢？ 还是想学一种谋生的技能？ 她实在并没仔细想过。 不过每逢别人发牢骚时，她总不自觉地说出"现在只想静静儿读点书"这句话来，此时就觉得心头宽慰了些。

慧女士霍地立起来，两手按在静女士的肩胛，低了头，她的小口几乎吻着静女士的秀眉，很快地说道："你打算静心读书么？ 什么地方容许你去静心读书呢？ 你看看你的学校！ 你看看你的同学！ 他们在这里不是读书，却是练习办事——练习奔走接洽，开会演说，提议决议罢了！"她一面说，一面捧住了静女士的面孔，笑道："我的妹妹，你这书呆子一定还要大失望！"

静女士半羞半怯不以为然的，推开了慧的手，也立起身来，说道："你没有逢到去年我受的经验，你自然不会了解我的思想何以忽然变迁了。 况且——你说的也过分，他们尽管忙着跑腿开会，我自管读我的书！"她拉了慧女士同到靠窗的小桌子旁坐下，倒了两杯茶，支颐凝眸，无目的地看着窗外。

静女士住的是人家边厢的后半间，向西一对窗开出去是晒台，房门就在窗的右旁，朝北也有一对窗，对窗放了张书桌。 卧床在书桌的对面，紧贴着板壁；板壁的那一面就是边厢的前半间，二房东的老太太和两个小孙女儿住着。 书桌旁边东首的壁角里放着一只半旧的藤榻。 书桌前有一把小椅子，慧女士就坐在这椅上，静女士自己坐在书桌右首深埋在西壁角的小凳上。

房内没有什么装饰品。 书桌上堆了些书和文具，却还要让出一角来放茶具。 向西的一对窗上遮了半截白洋纱，想来是不要走到晒台上的人看见房内情形而设的，但若静女士坐在藤榻上时，晒台上一定还是看得见的。

"你这房，窄得很，恐怕也未必静。 怎么能够用功呢？"慧女士喝了一口茶，眼看着向西的一对窗，慢慢地说。

静女士猛然回过头来，呆了半晌，才低声答道："我本来不讲究这些，你记得我们在一女中同住的房间比这还要小么？ 至于静呢，我不怕外界不静，就只怕心里——静——不——下来。"末了的一句，很带几分幽怨感慨。 刚果自信的慧，此时也似受了感触，很亲热地抓住了静女士的右手，说："静妹，我们一向少通信，我不知道这两年来你有什么不得意；像我，在外这两年，真真是甜酸苦辣都尝遍了！现在我确信世界上没有好人，人类都是自私的，想欺骗别人，想利用别人。静！我告诉你，男子都是坏人！他们接近我们，都不是存了好心！用真心去对待男子，犹如把明珠丢在粪窖里。静妹，你看，我的思想也改变了。我比从前老练了些，是不是？"

她微微叹了口气，闭了眼睛，像是不愿看见她想起来的旧人旧事。

"哦……哦……"静不知道怎样回答。

"但是我倒因此悟得处世的方法。我就用他们对待我的法子回敬他们呵！"慧的粉涡上也泛出淡淡的红晕来，大概是兴奋，但也许是因为想起旧事而动情。

沉默了好几分钟。

静呆呆地看着慧，嘴里虽然不作声，心里却扰乱得很。她辨出慧的话里隐藏着许多事情——自己平素最怕想起的事情。静今年只有二十一岁，父亲早故，母亲只生她一个，爱怜到一万分，自小就少见人，所以一向过的是静美的生活。也许太娇养了点儿。她从未梦见人世的污浊险巇，她是一个耽于幻想的女孩子。她对于两性关系，一向是躲在庄严，圣洁，温柔的锦幛后面，绝不曾挑开这锦幛的一角，看看里面是什么东西；她并且是不愿挑开，不敢挑开。现在慧女士的话却已替她挑开了一角了，她惊疑地看着慧，看着她的两道弯弯的眉毛，一双清澈的眼睛，和两点可爱的笑涡；一切都是温柔的，净丽的，她真想不到如此可爱的外形下却伏着可丑和可怕。

她冲动地想探索慧的话里的秘密，但又羞怯，不便启齿，她只呆呆地咀嚼那几句话。

慧临走时说，她正计划着找事做，如果找到了职业，也许留在上海领略知识界的风味。

二

一夜的大风直到天明方才收煞，接着又下起牛毛雨来，景象很是阴森。静女士拉开蚊帐向西窗看时，只见晒台上二房东太太隔夜晾着的衣服在细雨中飘荡，软弱无力，也像是夜来失眠。天空是一片灰色。街上货车木轮的辘辘的重声，从湿空气中传来，分外滞涩。

静不自觉地叹了口气，支起半个身体，惘然朝晒台看。这里晾着的衣服中有一件是淡红色的女人衬衫；已经半旧了，但从它的裁制上还可看出这不过是去年的新装，并且暗示衫的主人的身分。

静的思想忽然集中在这件女衫上了。她知道这衫的主人就是二房东家称为新少奶奶的少妇。她想：这件旧红衫如果能够说话，它一定会告诉你整篇的秘密——它的女主人生活史上最神圣，也许就是最丑恶的一页；这少妇的欢乐，失望，悲哀，总之，在她出嫁的第一年中的经验，这件旧红衫一定是目击的罢？ 处女的甜蜜的梦做完时，那不可避免的平凡就从你头顶罩下来，直把你压成粉碎。 你不得不舍弃一切的理想，停止一切的幻想，让步到不承认有你自己的存在。 你无助地暴露在男性的本能的压迫下，只好取消了你的庄严圣洁。 处女的理想，和少妇的现实，总是矛盾的；二房东家的少妇，虽然静未尝与之接谈，但也是这么一个温柔，怯弱，幽悒的人儿，该不是例外罢？

　　静忽然掉下眼泪来。 是同情于这个不相识的少妇呢，还是照例的女性的多愁善感，连她自己也不明白。

　　但这些可厌的思想，很无赖地把她缠缚定了，却是事实。 她憎恨这些恶毒思想的无端袭来。 她颇自讶：为什么自己失了常态，会想到这些事上？ 她又归咎于夜来失眠，以至精神烦闷。 最后，她又自己宽慰道：这多半是前天慧女士那番古怪闪烁的话引起来的。 实在不假，自从慧来访问那天起，静女士心上常若有件事难以解决，她几次拿起书来看，但茫茫地看了几页，便又把书抛开。 她本来就不多说话，现在更少说。 周围的人们的举动，也在她眼中显出异样来。昨日她在课堂上和抱素说了一句"天气真是烦闷"，猛听得身后一阵笑声，而抱素也怪样地对她微笑。 她觉得这都是不怀好意的，是侮辱。

　　"男子都是坏人！ 他们接近我们，都不是存了好心！"

　　慧的话又在耳边响起来。 她叹了一口气，无力地让身体滑了下去。 正在那时，她仿佛见有一个人头在晒台上一伸，对她房内窥视。 她像见了鬼似的，猛将身上的夹被向头面一蒙，同时下意识地想道："西窗的上半截一定也得赶快用白布遮起来！"

但是这陡然的虚惊却把静从灰色的思潮里拉出来，而多时的兴奋也发生了疲乏，竟意外地又睡着了。

这一天，静没有到学校去。

下午，静接到慧写来的一封信。

　　静妹：昨日和你谈的计划，全失败了；三方面都已拒绝！咳！我想不到找事如此困难。我的大哥对我说："多少西洋留学生——学士，硕士，博士，回国后也找不到事呢。像你那样只吃过两年外国饭的，虽然懂得几句外国话，只好到洋行里做个跑楼；然而洋行里也不用女跑楼！"

　　我不怪大哥的话没理，我只怪他为什么我找不到事他反倒自喜幸而料着似的。嫂嫂的话尤其难受，她劝大哥说："慧妹本来何必定要找事做，有你哥哥在，还怕少吃一口苦粥饭么。"我听了这话，比尖刀刺心还痛呢！

　　静妹，不是我使性，其实哥哥家里不容易住；母亲要我回乡去是要急急为我"择配"；"嫁了个好丈夫，有吃有用，这是正经。"她常常这么说的。所以我现在也不愿回乡去。我现在想和你同住，一面还是继续找事。明天下午我来和你面谈一切，希望你不拒绝我这要求。

慧　5月21日夜

静捏着信沉吟。 她和慧性格相反，然而慧的爽快，刚毅，有担当，却又常使静钦佩，两人有一点相同，就是娇养惯的高傲脾气。 所以在中学时代，静和慧最称莫逆，但也最会呕气吵嘴。 现在读了这来信，使静想起三年前同宿舍时的情形，宛然有一个噘起小嘴，微皱眉尖的生气的"娇小姐"——这是慧在中学里的绰号——再现在眼前。

回忆温馨了旧情，静对于慧怜爱起来。 她将自己和慧比较，觉得自己幸福得多了：没有生活的恐慌，也没有哥哥来给她气受，母亲也不在耳边絮聒。 自己也是高傲的"娇小姐"，想着慧忍受哥哥的申斥，嫂嫂的冷嘲，觉得这样的生活，一天也是难过的。

静决定留慧同住几时，为了友谊，也为了"对于被压迫者的同情"。 况且，今晨晒台上人头的一伸，在静犹有余惊，那么，多一个慧在这里壮壮胆，何尝不好呢。

下面二房东客堂里的挂钟，打了三下，照例的骨牌声，就要来了。 静皱着眉尖，坐到书桌前补记昨日的日记。

牌声时而缓一阵，时而紧一阵，又夹着爆发的哗笑，很清晰地传到静的世界里。 往常这种喧声，对于静毫无影响，她总是照常地看书做事。 但是今天，她补记一页半的日记，就停了三次笔，她自己也惊讶为什么如此心神不宁，最后她自慰地想着："是因为等待慧来。 她信里说今天下午要来，为什么还不见来呢?"

牛毛雨从早晨下起，总没有停过，但亦不加大；软而无力的湿风时止时作。 在静的小室里，黑暗已经从壁角爬出来，二房东还没将总电门开放。 静躺在藤榻上默想。 慧还是没有来。

忽然门上有轻轻的弹指声。 这轻微的击浪压倒了下面来的高出数倍的牌声笑声，刺入静的耳朵。 她立刻站起，走到门边。

"我等候你半天了!"她一面开门，一面微笑地说。

"密司章，生了病么? "进来的却是男同学抱素。"哦，你约了谁来谈罢? "他又加一句，露着牙齿嘻嘻地笑。

静有些窘了，觉得他的笑颇含疑意，忙说道："没……有。 不过是一个女朋友罢了。"同时她又联想到昨天在课堂上对他说了句"天气真是烦闷"后他的怪样的笑；她现在看出这种笑都有若干于己不利的议论做背景的。 她很有几分生气了。

抱素在书桌前的椅子上坐了，一双眼闪烁地向四下里瞧。 静仍旧回到她的藤榻上。

"今天学生会又发通告，从明天起为'废除不平等条约的宣传周'，每日下午停课出发演讲。"抱素向着静，慢慢地说，"学校当局已经同意了。 本来不同意也没有办法。 周先生孙先生本已请了假，所以明后天上午也没有课。 今天你没到校，我疑惑你是病着，所以特来报告这消息。借此你可以静养几天。"

静点了点头，表示谢意，没有回答。

"放假太多了，一学期快完，简直没有读什么书！"抱素慨叹似的作了他的结论。这结论，显然是想投静之所好。

"读书何必一定上课呢！"静冷冷地说，"况且，如果正经读书，我们的贵同学怕一大半要落伍罢。"

"骂得痛快！"抱素笑了一笑，"可惜不能让他们听得。但是，密司章，你知道他们是怎样批评你来？"

"小姐，博士太太候补者，虚荣心，思想落伍，哦，还有，小资产阶级。是不是？左右不过是这几句话，我早听厌了！我诚然是小姐，是名副其实的小资产阶级！虚荣心么？哼！他们那些跑腿大家才是虚荣心十足！他们这班主义的迷信者才是思想落伍呢！"

"不是，实在不是！"

"意志薄弱！哦，一定有许多人说我意志薄弱呵！"静自认似的说。

"也不是！"颇有卖弄秘密的神气。

"那么，我也不愿意知道了。"静冷冷地回答。

"他们都说你，为恋爱而烦闷！"

我们的"小姐"愕然了。旋又微笑说："这真所谓己之所欲，必施于人了。恋爱？我不曾梦见恋爱，我也不曾见过世上有真正的恋爱！"

抱素倒茶来喝了一口，又讪讪地加一句道："他们很造了些谣言，你和我的。你看，这不是无聊么？"

"哦？"声音里带着几分不快。静女士方始恍然她的同学们的种种鬼态——特别是在她和抱素谈话时——不是无因的。

向后靠在椅背上，凝视着静的面孔，抱素继续着轻轻儿说道："本来你在同班中，和我谈话的时候多些。我们的意见又常一致。也难怪那些轻薄鬼造谣言。但是，密司章是明白的，我对你只是正当的友谊——咳，同学之谊。你是很孤僻的，不喜欢他们那么胡闹；我呢，和他们也格格不相入。这又是他们造谣言的根据。他们看我们是另一种人。他们看自己是一伙，看我们又是一伙；因而生出许多无聊的猜度来。我素来反对恋爱自由，虽然我崇拜克鲁泡特金。至于五分钟热度速成的恋爱，我更加反对！"

静双眼低垂，不作回答。半晌，她抬眼看抱素，见他的一双骨碌碌的眼还在看着自己，不禁脸上一红，随即很快地说道："谣言是谣言，事实是事实；我是不睬，并且和我不相干！"她站起身来向窗外一看，半自语道："已经黑了，怎么还不来？"

"只要你明白，就好了。我是怕你听着生气，所以特地向你表白。"抱素用手掠过披下来的长发，分辩着说，颇有些窘了。

静微笑，没有回答。

虽然谈话换了方向，静还是神情不属地随口敷衍；抱素在探得静确是在等候一位新从国外回来的女朋友以后，终于满意地走了。

突然一亮，电灯放光了。 左近工厂呜呜地放起汽笛来。牛毛雨似乎早已停止，风声转又尖劲。 天空是一片乌黑。慧小姐终于没有来。

抱素在归途中遇见一位姓李的同学，那短小的人儿叫道：

"抱，从密司章那里来罢？"

"何消问得！"抱素卖弄似的回答。

"哈哈！ 恭贺你成功不远！"

抱素不回答，大踏步径自走去，得意把他的瘦长身体涨胖了。

三

S大学的学生都参加"五卅"周年纪念会去了——几乎是全体，但也有临时规避不去的，例如抱素和静女士。 学校中对于他俩的关系，在最近一星期中，有种种猜度和流言，这固然因为他们两个人近来过从甚密，但大半还是抱素自己对男同学泄露秘密。 短小精悍的李克，每逢听完抱素炫奇似的自述他的恋爱的冒险的断片以后，总是闭目摇头，像是讽刺，又像是不介意，说道："我又听完一篇小说的朗诵了。"

这个"理性人"——同学们公送他的绰号——本来常说世界万事皆小说，但他说抱素的自述是小说，则颇有怀疑的意味。 可是其余的同学都相信抱素和静的关系确已超过了寻常的友谊，反以李的态度为妒忌，特别是有人看见抱素和静女士同看影戏以后，更加证实了；因为静女士从没和男同学看过影戏，据精密调查的结果。

现在这"五卅"纪念日，抱素和静女士又被发见在 P 影戏院里。 还有个青年女子——弯弯的秀眉，清澈的小眼睛，并且颊上有笑涡的，也在一起。

这女士就是我们熟识的慧女士，住在静那里已快一星期了。 她的职业还没把握。 她搬到静处的第二日，就遇见了抱素，又是来"报告消息"的。 这一天，抱素穿了身半旧的洋服；血红的领结——他喜欢用红领带，据说他是有理由地喜欢用红领带——衬着他那张苍白的脸儿，乱蓬蓬的长头发，和两道剑眉，就颇有些英俊气概，至少确已给慧女士一个印象——这男子似乎尚不讨厌。 在抱素方面呢，自然也觉得这位女性是惹人注意的。 当静女士给两人介绍过以后，抱素忙把这两天内有不少同学因为在马路上演讲废除不平等条约而被捕的消息，用极动听的口吻，报告了两位女士，末了还附着批评道："这些运动，我们是反对的；空口说白话，有什么意思，徒然使西牢里多几个犯人！ 况且，听说被捕的'志士'们的口供竟都不敢承认是来讲演的，实在太怯，反叫外国人看不起我们！ "说到最后一句，他猛把桌子拍了一下，露出不胜愤慨的神气。

静是照例地不参加意见，慧却极表同情；这一对初相识的人儿便开始热闹地谈起来，像是多年的老朋友。

自此以后，静的二房东便常见这惹眼的红领带，在最近四五天内，几乎是一天两次。并且静女士竟也破例出去看影戏；因为慧女士乐此不疲，而抱素一定要拉静同去。

这天，他们三个人特到 P 影戏院，专为瞻仰著名的陀斯妥以夫斯基①的《罪与罚》。在静女士的意思，以为"五卅"日到外国人办的影戏院去未免"外惭清议"，然而终究拗不过慧的热心和抱素的鼓动。影片演映过一半，休息的十分钟内，场里的电灯齐明，我们看得见他们三人坐在一排椅子上，静居中。五月末的天气已经很暖，慧穿了件紫色绸的单旗袍，这软绸紧裹着她的身体，十二分合式，把全身的圆凸部分都暴露得淋漓尽致；一双清澈流动的眼睛，伏在弯弯的眉毛下面，和微黑的面庞对照，越显得晶莹；小嘴唇包在匀整的细白牙齿外面，像一朵盛开的花。慧小姐委实是迷人的呵！但是你也不能说静女士不美。慧的美丽是可以描写的，静的美丽是不能描写的；你不能指出静女士面庞上身体上的哪一部分是如何的合于希腊的美的金律，你也不能指出她的全身有什么特点，肉感的特点；你竟可以说静女士的眼，鼻，口，都是平平常常的眼，鼻，口，但是一切平凡

①　通译为陀思妥耶夫斯基。

的，凑合为"静女士"，就立刻变而为神奇了；似乎有一样不可得见不可思议的东西，联系了她的肢骸，布满在她的百窍，而结果便是不可分析的整个的美。 慧使你兴奋，她有一种摄人的魔力，使你身不由己地只往她旁边挨；然而紧跟着兴奋而来的却是疲劳麻木，那时你渴念逃避慧的女性的刺激，而如果有一千个美人在这里任凭你挑选时，你一定会奔就静女士那样的女子，那时，她的幽丽能熨贴你的紧张的神经，她使你陶醉，似乎从她身上有一种幽香发泄出来，有一种电波放射出来，愈久愈有力，你终于受了包围，只好"缴械静候处分"了。

但是现在静女士和慧并坐着，却显得平凡而憔悴，至少在抱素那时的眼光中。 他近日的奔波，同学们都说是为了静，但他自己觉得多半是已变做为了慧了。 只不过是一个"抱素"，在理是不能抵抗慧的摄引力的！ 有时他感得在慧身边虽极快意，然而有若受了什么威胁，一种窒息，一种过度的刺激，不如和静相对时那样甜蜜舒泰，但是他下意识地只是向着慧。

嘈杂的人声，不知从什么时候腾起，布满了全场；人人都乘此十分钟松一松过去一小时内压紧的情绪。 慧看见坐在她前排斜右的一对男女谈的正忙，那男子很面熟，但因他低了头向女的一边，看不清是谁。

"一切罪恶都是环境逼成的。"慧透了一口气，回眸对抱素说。

"所以我对于犯罪者有同情。"抱素从静女士的颈脖后伸过头来，像预有准备似的回答，"所以国人皆曰可杀的恶人，未必真是穷凶极恶！ 所以一个人失足做了错事，堕落，总是可怜，不是可恨。"接着也叹息似的吐了一口气。

"据这么说，'罚'的意义在哪里呢？"静女士微向前俯，斜转了头，插进这一句话；大概颈后的咻咻然的热气也使她颇觉不耐了。

抱素和慧都怔住了。

"如果陀斯妥以夫斯基也是你们的意见，他为什么写少年赖斯柯尼考夫是慎重考虑，认为杀人而救人是合理的，然后下手杀那个老妪呢？ 为什么那少年暗杀人后又受良心的责备呢？"静说明她的意见。

"哦……但，但这便是陀氏思想的未彻底处，所以他只是一个文学家，不是革命家！"抱素在支吾半晌之后，突然福至心灵，发见了这一警句！

"那又未免是遁辞了。"静微微一笑。

"静妹，你又来书呆子气了，何必管他作者原意，我们自己有脑，有主张，依自己的观察是如何便如何。 我是承认少年赖斯柯尼考夫为救母姊的贫乏而杀老妪，拿了她的钱，是不错的。 我所不明白的，他既然杀了老妪，为什么不多拿些钱呢？"慧激昂地说，再看前排的一双男女，他们还是谈的很忙。

静回眼看抱素，等待他的意见；抱素不作声，似乎他对于剧中情节尚未了了。 静再说："慧姊的话原自不错。 但这少年赖斯柯尼考夫是一个什么人，很可研究。 安那其呢？个人主义呢？ 唯物史观呢？"

慧还是不断地睃着前排的一对男女，甚至抱素也有些觉得了；慧猛然想起那男人的后影像是谁来，但又记不清到底是谁；旧事旧人在她的记忆里早是怎样地纠纷错乱了！

静新提出的问题，又给了各人发言的机会。 于是"罪"与"罚"成了小小辩论会的中心问题。 但在未得一致同意的结论以前，《罪与罚》又继续演映了。

在电影的继续映演中，抱素时时从静的颈后伸过头去发表他的意见，当既得慧的颔首以后，又必转而问静；但静似乎一心注在银幕上，有时不理，有时含胡地点了一下头。

等到影片映完，银幕上放出"明日请早"四个淡墨的大字，慧早已站起来，她在电灯重明的第一秒钟时，就搜看前排的一对男女，却见座位空着，他俩早已走了。 这时左右前后的人都已经站起来，蠕蠕地嘈杂地移动；慧等三人夹在人堆里，出了 P 戏院。 马路上是意外地冷静。 两对印度骑巡，缓缓地，正从院前走过。 戏院屋顶的三色旗，懒懒地睡着，旗竿在红的屋面画出一条极长的斜影子。 一个烟纸店的伙计，倚在柜台上，捏着一张小纸在看，仿佛第一行大字是"五卅一周纪念日敬告上海市民"。

四

抱素在学校里有个对头——不，应该说是他的畏忌者——便是把世间一切事都作为小说看的短小精悍的李克。短小，是大家共见的；精悍，却是抱素一人心内的批评，因为他弄的玄虚，似乎李克都知道。抱素每次侃侃而谈的时候，听得这个短小的人儿冷冷地说了一句"我又听完一篇小说的朗诵了"，总是背脊一阵冷；他觉得他的对手简直是一个鬼，不分日夜地跟踪自己，侦察着，知道他的一切秘密，一切诡谲。抱素最恨的，是知道他的秘密。"一个人应该有些个人的秘密；不然，就失了生存的意义。"抱素常是这么说的。但是天生李克，似乎专为侦察揭发抱素的秘密，这真是莫大的不幸。

除此而外，抱素原也觉得李克这人平易可亲。别的同学常讥抱素为"堕落的安那其主义①者"，李克却不曾有过一次。别的同学又常常讥笑抱素想做"镀金博士"，李克也不曾有过一次。在同学中，李克算是学问好的一个，他的常识很丰富，举动极镇定，思想极缜密；他不爱胡闹，也不爱做出剑拔弩张的志士的模样来，又不喜嬲着女同学讲恋爱：这些都是抱素对劲的，尤其是末一项，因为静女士在同学中和

---

① "无政府主义"的旧译。

李克也说得来。 总之，他对于李克，凭真心说话，还是钦佩的成分居多；所有一点恨意，或可说一点畏忌，都是"我又听完一篇小说的朗诵了"那样冷讽的话惹出来的。

但在最近，抱素连这一点恨意也没有了。 这个，并不是因为他变成大量了，也不是因为他已经取消了"个人应有秘密"的人生观，却是因为李克不复知道他的秘密了。 更妥当的说，因为抱素自己不复在男同学前编造自己与静女士的恋爱，因而"我又听完一篇小说的朗诵了"那样刺心的话亦不再出自李克之口。 抱素现在有一个新秘密。 这新秘密，他自以为很不必在男同学跟前宣传的。

这新秘密，从何日发芽？ 抱素不大记得清楚了。 在何日长成？ 却记得清清楚楚，就是在 P 影戏院里看了《罪与罚》出来后的晚上。

那一天下午，他和两位女士出了戏院，静女士说是头痛，一人先回去了，抱素和慧女士在霞飞路的行人道上闲步。 大概因为天气实在困人罢，慧女士瘖着一双眼，腰肢软软的，半倚着抱素走。 血红的夕阳挂在远处树梢，道旁电灯已明，电车轰隆隆驶来，又轰隆隆驶去。 路上只有两三对的人儿挽着臂慢慢地走。 三五成群的下工来的女工，匆匆地横穿马路而去，唶唶嘈嘈，不知在说些什么。 每逢有人从他们跟前过去，抱素总以为自己是被注视的目标，便把胸脯更挺直些，同时更向慧身边挨近些。 一路上两人没有说话。 慧女士低了头，或者在想什么心事；抱素呢，虽然昂起了头，却实在忑忑地盘算一件事至少有一刻钟了。

夕阳的半个脸孔已经没入地平线了，天空闪出几点疏星，凉风开始一阵一阵地送来。 他们走到了吕班路转角。

"密司周，我们就在近处吃了夜饭罢？"踌躇许久以后，抱素终于发问。

慧点头，但旋又迟疑道："这里有什么清静的菜馆么？"

"有的是。 然而最好是到法国公园内的食堂去。"抱素万分鼓舞了。

"好罢，我也要尝尝中国的法国菜是什么味儿。"

他们吃过了夜饭，又看了半小时的打木球，在公园各处走了一遍，最后，拣着园东小池边的木椅坐着歇息。 榆树的巨臂伸出在他们头顶，月光星光全都给遮住了。 稍远，蒙蒙的夜气中，透露一闪一闪的光亮，那是被密重重的树叶遮隔了的园内的路灯。 那边白茫茫的，是旺开的晚香玉，小池的水也反映出微弱的青光。 此外，一切都混成灰色的一片了。慧和抱素静坐着，这幽静的环境使他们暂时忘记说话。

忽然草间一个虫鸣了，是细长的颤动的鸣声。 跟着，池的对面也有一声两声的虫鸣应和。 阁阁的蛙鸣，也终于来到，但大概是在更远的沟中。 夏初晚间的阵风，虽很软弱，然而树枝也索索地作响。

慧今晚多喝了几杯，心房只是突突地跳；眼前景色，又勾起旧事如潮般涌上心头。 她懒懒地把头斜靠在椅背上，深深嘘了口气——你几乎以为就是叹息。 抱素冒险似的伸过手去轻轻握住了慧的手。 慧不动。

"慧！ 这里的菜比巴黎的如何？"他找着题目发问了。

慧扑嗤地一笑。

"差不远罢？"抱素不得要领地再问，更紧些握着慧的手。

"说起菜，我想起你吃饭时那种不自然而且费力的神气来了！"慧哧哧地笑，"中国人吃西菜，十有九是这般的。"抚慰似的又加了一句。

"究竟是手法生疏。 拜你做老师罢！"抱素无聊地解嘲。

酒把慧的话绪也引出来了。 他们谈巴黎，又谈上海的风俗，又谈中国影片，最后又谈到《罪与罚》。

"今天章女士像有些儿生气？"抱素突然问。

"她……她向来是这个态度。"慧沉吟着说，"但也许是恼着你罢？"慧忽然似戏非戏地转了口。

即使是那么黑，抱素觉得慧的一双眼是在灼灼地看住了他的。

"绝对不会！ 我和她不过是同学，素来是你恭我敬的，她为什么恼着我。"他说时声音特别低，并且再挨近慧些，几乎脸贴着脸了。 慧不动。

"不骗人么？"慧慢声问。

一股甜香——女性特有的香味，夹着酒气，直奔抱素的鼻孔，他的太阳穴的血管跳动起来，心头像有许多蚂蚁爬过。

"绝不骗你！ 也不肯骗你！"说到"肯"字加倍用力。

慧觉得自己被握的手上加重了压力，觉得自己的仅裹着一层薄绸的髀股之间感受了男性的肉的烘热。 这热，立刻传布于全身。 她心里摇摇的有点不能自持了。

"慧！ 你知道，我们学校内是常闹恋爱的，前些时，还出了一桩笑话。 但我和那些女同学都没关系，我是不肯滥用情……"他顿了一顿，又接着说，"除非是从今以后，我不曾恋爱过谁。"

没有回答。 在灰色的微光中，抱素仿佛看见慧两眼半闭，胸部微颤。 他仿佛听得耳边有个声音低低说："她已经动情！"自己也不知怎么着，他突然一手挽住了慧的颈脖，喃喃地说道："我只爱你！ 我是说不出的爱着你！"

慧不作声。 但是她的空着的一手自然而然地勾住了抱素的肩胛。 他在她血红的嘴唇上亲了一个嘴。

长时间的静默。 草虫似乎早已停止奏乐。 近在池边的一头蛙，忽然使劲地阁阁地叫了几声，此后一切都是静寂。渐渐地，凉风送来了悠扬的钢琴声，断断续续，听不清奏什么曲。

慧回到住所时，已经十一点钟，酒还只半醒，静女士早已睡熟了。

慧的铺位，在西窗下，正对书桌，是一架行军床，因为地方窄，所以特买的，也挂着蚊帐。 公园中的一幕还在她的眼前打旋，我们这慧小姐躺在狭小的行军床上辗转翻身，一时竟睡不着。 一切旧事都奔凑到发胀的脑壳里来了：巴黎的繁华，自己的风流逸宕，几个朋友的豪情胜概，哥哥的顽固，嫂嫂的嘲笑，母亲的爱非其道，都一页一页地错乱不连贯地移过。 她又想起自己的职业还没把握，自己的终身还没归宿；粘着她的人有这么多，真心爱她的有一个么？ 如果不事苛求，该早已有了恋人，该早已结了婚罢？ 然而不受指挥的倔强的男人，要行使夫权拘束她的男人，还是没有的好！现在已经二十四岁了，青春剩下的不多，该早打定了主意罢？ 但是有这般容易么？ 她觉得前途是一片灰色。 她忍不住要滴下眼泪来。 她想：若在家里，一定要扑在母亲怀里痛哭一场了。"二十四岁了！"她心里反复说，"已经二十四岁了么？ 我已经走到生命的半路了么？ 二十一，二十二，二十三，像飞一般过去，是快乐，还是伤心呀？"她努力想捉住过去的快乐的片段，但是刚想起是快乐时，立即又变为伤心的黑影了。 她发狂似的咬着被角，诅咒这人生，诅咒她的一切经验，诅咒她自己。 她想：如果再让她回到十七八——就是二十也好罢，她一定要十二分谨慎地使用这美满的青春，她要周详计划如何使用这美满的青春，她绝不能再让它草草地如痴如梦地就过去了。 但是现在完了，她好比做梦拾得黄金的人，没等到梦醒就已胡乱花光，徒然留得醒后的懊怅。"已是二十四了！"她的兴奋的脑筋无理由地顽强地只管这么想着。 真的，"二十四"像一支尖针，刺入她的头壳，直到头盖骨痛的像要炸裂；"二十四"又像一个飞轮，在她头里旋，直到她发昏。 冷汗从她额上透出来，自己干了，又重新透出来。 胸口胀闷的像有人压着。 她无助地仰躺着，张着嘴喘气，她不能再想了！

不知在什么时候，胸部头部已经轻快了许多；茫茫地，飘飘地，似乎身体已经架空了。 绝不是在行军床上，也不是在影戏院，确是在法国公园里；她坐在软褥似的草地上，抱素的头枕着她的股。 一朵粉红色的云彩，从他们头上飞过。一只白鹅，"拍达，拍达"，在他们面前走了过去。 树那边，跑来了一个孩子——总该有四岁了罢——弯弯的眉儿，两点笑涡，跑到她身边，她承认这就是自己的孩子。 她正待举手摩小孩子的头顶，忽然一个男子从孩子背后闪出来，大声喝道："我从戏院里一直找你，原来你在这里！"举起手杖往下就打："打死了你这不要脸的东西罢！ 在外国时我何曾待亏你，不料你瞒着我逃走！ 这野男子又是谁呀！ 打罢，打罢！"她慌忙地将两手护住了抱素的头，"拍"的一下，手杖落在自己头上了，她分明觉得脑壳已经裂开，红的血，灰白色的脑浆，直淋下来，沾了抱素一脸。 她又怒又怕，又听得那男子狂笑。 她那时只是怒极了，猛看见脚边有一块大石头，双手捧过来，霍地站起身；但是那男子又来一杖。……她浑身一震，睁大眼看时，却好好地依旧躺在行军床上，满室都是太阳光。 她定了定神，再想那梦境，心头兀自突突地跳。 脑壳并不痛，嘴里却异常干燥。 她低声唤着"静妹"，没人回答。 她挣扎起半个身体拉开蚊帐向静的床里细看，床是空着，静大概出去了。

慧颓然再躺下，第二次回忆刚才的噩梦。 梦中的事已忘了一大半，只保留下最精采的片段。 她禁不住自己好笑。 头脑重沉沉的实在不能再想。"抱素这个人值得我把全身交给他么？"只是这句话在她脑中乱转。 不，绝不，他至多等于她从前所遇的男子罢了。 刚强与狷傲，又回到慧的身上来了。 她自从第一次被骗而又被弃以后，早存了对于男性报复的主意；她对于男性，只是玩弄，从没想到爱。 议论讥笑，她是不顾的；道德，那是骗乡下姑娘的圈套，她已经跳出这圈套了。 当她确是她自己的时候，她回想过去，绝无悲伤与悔恨，只是愤怒——报复未尽快意的愤怒。 如果她也有悲哀的时候，大概是想起青春不再，只剩得不多几年可以实行她的主义。 或者就是这一点幽怨，作成了夜来噩梦的背景。

慧反复地自己分析，达到了"过去的策略没有错误"的结论，她心安理得地起身了，当她洗好脸时，她已经决定：抱素再来时照旧和他周旋，公园里的事，只当没有。

但在抱素呢，大概是不肯忘记的；他要把"五卅"夜作为他的生活旅程上的界石，他要用金字写他这新秘密在心叶上。 他还等机会作进一步的动作，进一步的要求。

下午两点钟，静女士回来，见慧仍在房里。 慧把昨晚吃饭的事告诉了静，只没提起她决定"当作没有"的事。 静照例地无表示。 抱素照常地每日来，但是每来一次，总增加了他的纳闷。 并且他竟没机会实行他的预定计划。 他有时自己宽解道："女子大概面嫩，并且不肯先表示，原是女子的特性。 况且，公园中的一幕，到底太孟浪了些——都是酒作怪！"

五

又是几天很平淡地过去了。 抱素的纳闷快到了不能再忍受的地步。

一天下午，他在校前的空场上散步，看见他最近不恨的李克走过。 他猛然想起慧女士恰巧是李克的同乡，不知这个"怪人"是不是也知道慧女士的家世及过去的历史。 他虽则天天和慧见面，并且也不能说是泛泛的交情，然而关于她的家世等等，竟茫无所知；只知她是到过巴黎两年的"留学生"，以前和静女士是同学。 慧固然没曾对他提起过家里的事，即如她自己从前的事也是一字不谈的；他曾经几次试探，结果总是失败——他刚一启口，就被慧用别的话支开去；他又有几分惧怕慧，竟不敢多问，含胡直到如今。 这几天，因为慧的态度使他纳闷，他更迫切地要知道慧的过去的历史。 现在看见了李克，决意要探询探询，连泄露秘密的危险也顾不得了。

"密司忒李，往哪里去？"抱素带讪地叫着。

那矮小的人儿立住了，向四下里瞧，看见抱素，就不介意似的回答说："随便走走。"

"既然你没事，我有几句话和你讲，行么？"抱素冒失地说。

"行！"李克走前几步，仍旧不介意似的。

"你府上是玉环么？你有多久不回家了？"抱素很费斟酌，才决定该是这般起头的。

"是的，三个月前我还回家去过一次呢。"那"理性人"回答，他心里诧异，他已经看出来，抱素的自以为聪明然而实在很拙劣的寒暄，一定是探询什么事的冒头。

"哦，那么你大概知道贵同乡周定慧女士这个人了？"抱素单刀直入地转到他的目的物了。

李克笑了一笑。抱素心里一抖，他分辨不出这笑是好意还是恶意。

"你认识她么？"不料这"理性人"竟反问。

抱素向李克走近一步，附耳低语道："我有一个朋友认识她。有人介绍她给我的朋友。"旋又拍着李克的肩膀道："好朋友，你这就明白了罢？"

李克又笑了一笑。这一笑，抱素断定是颇有些不尴不尬的气味。

"这位女士，人家说她的极多。我总共只见过一面，仿佛人极精明厉害的。"李克照例地板着脸，慢吞吞地说。"如果你已经满意了，我还要去会个朋友。"他又加了一句。

"人家说什么呢？"抱素慌忙追询，"你何妨说这么一两件呢？"

但是李克已经向右转，提起脚跟要走了。他说："无非是乡下人少见多怪的那些话头。你的朋友大可不必打听了。"

抱素再想问时，李克随口说了句"再见"，竟自走了，身后拖着像尾巴样的一条长影子，还在抱素跟前晃；但不到几秒钟，这长影子亦渐远渐淡，不见了。抱素惘然看着天空。他又顺着脚尖儿走，在这空场里绕圈子。一头癫虾蟆，意外地从他脚下跳出来；跳了三步，又挪转身，凸出一对挪揄的眼睛对抱素瞧。几个同学远远地立着，望着他，似乎有议论；他也没有觉到。他反复推敲李克那几句极简单的话里的涵义。他已经断定：大概李克是实在不知道慧的身世，却故意含胡闪烁其词作弄人的。可是一转念又推翻了这决定，不，这个"理性人"素来说话极有分寸，也不是强不知以为知的那类妄人，他的话是值得研究的。他这么一正一负地乱想着，直到校里一阵钟声把他唤回去。

S大学的学生对于闻钟上课，下课，或是就寝，这些小节，本来是不屑注意的；当上课钟或就寝钟喤喤地四散并且飞到草地，停歇在那里以后，你可以听到宿舍中依然哗笑高纵。然而这一次钟声因为是意外的，是茶房的临时加工，所以凡是在校的学生居然都应召去了。抱素走进第三教室——大家知道，意外的鸣钟，定规是到这教室里来的——只见黑压压一屋子人。一个同学拉住他问道："什么事又开会？"

抱素瞪着眼，摇了摇头。 背后一个尖锐的声音说道："真正作孽！ 夜饭也吃弗成！"抱素听得出声音，是一位姓方的女同学，上课时惯和静女士坐在一处的，诨名叫"包打听"；她得这个美号，一因她最爱刺探别人的隐秘，如果你有一件事被方女士知道了，那就等于登过报纸；二因她总没说过"侦探"二字，别人说"侦探"，她总说"包打听"，如果你和她谈起"五卅"惨案的经过，十句话里至少有一打"包打听"。 当下抱素就在这包打听的方女士身边一个座位上坐了。 不待你开口问，我们这位女士已经抢着把现在开会的原因告诉你了。 她撇着嘴唇，作她的结论道：

"真正难为情，人家勿喜欢，放仔手拉倒①，犯弗着作死作活吓别人！"她的一口上海白也和她的"包打听"同样地出名。

抱素惘然答道："你不知道恋爱着是怎样地热烈不顾一切，失恋了是怎样难受呢！"

主席按了三四次警铃，才把那几乎涨破第三教室的嘈声压低下去。 抱素的座位太落后了，只见主席嘴唇皮动，听不出声音，他努力听，方始抓住了断断续续的几句："恋爱不反对，……妨碍工作却不行……王女士太浪漫了……三角恋爱……"

---

① 上海方言,意即不去管它算了。

"主席说，要禁止密司忒龙同王女士恋爱。 为仔王女士先有恋人，气得来要寻死哉。"包打听偏有那么尖的耳朵，现在传译给抱素。

忽然最前排的人鼓起掌来。 抱素眼看着方女士，意思又要她传译；但是这位包打听皱着眉头咕噜了一句"听勿清"。 几个人的声音嚷道："赞成！ 强制执行！"于是场中大多数的臂膊都陆续举起来了。 主席又说了几句听不清的话。 场中哄然笑起来了。 忽然一个人站起来高声说道："恋爱不能派代表的，王既不忍背弃东方，就不该同时再爱龙。 现在，又不忍不爱东方，又不肯不爱龙，却要介绍另一女同学给龙，作自己的替身，这是封建思想！ 这是小资产阶级女子的心理，大会应给她一个严重的处分！"

抱素认得这发言者是有名的"大炮"史俊。

有几个人鼓掌赞成，有几个人起来抢着要说话，座位落后的人又大呼"高声儿，听不清"，会场中秩序颇呈动摇了。 抱素觉得头发胀起来。 辩论在纷乱中进行，一面也颇有几人在纷乱中逃席出去。 最后，主席大声说道："禁止王龙的恋爱关系，其余的事不问，赞成者举手！"手都举起来，抱素也加了一手，随即匆匆地挤出会场。 他回头看见方女士正探起身来隔着座位和一个女子讲话——这女子就是大炮史俊的爱人赵赤珠。

"不愧为包打听。"抱素一边走，一边心里说。 他忽然得了个主意："我的事何不向她探询呢？ 虽然不是同乡，或许她倒知道的。"

六

从早晨起，静女士又生气。

她近来常常生气；说她是恼着谁罢，她实在没有被任何人得罪过，说她并不恼着谁罢，她却见着人就不高兴，听着人声就讨厌。本来是少说话的，近来越发寡言了，简直忘记还有舌头，以至她的同座包打听方女士新替她题了个绰号："石美人"。但是静女士自己却不承认是生气，她觉得每日立也不是，坐也不是，看书也不是，不看书也不是，究竟自己要的是什么，还是一个不知。她又觉得一举一动，都招人议论，甚至于一声咳嗽，也像有人在背后做鬼脸嘲笑。她出外时，觉得来往的路人都把眼光注射在她身上；每一冷笑，每一诼骂，每一喳喳切切的私语，好像都是暗指着她。她害怕到不敢出门去。有时她也自为解释道："这都是自己神经过敏。"但是这可怪的情绪已经占领了她，不给她一丝一毫的自由了。

这一天从早晨起，她并没出门，依然生气，大概是因为慧小姐昨日突然走了，说是回家乡去。昨晚上她想了一个钟头，总不明白慧女士突然回去的原因。自然而然的结论，就达到了"慧有意见"。但是"意见"从何而来呢？慧在静处半月多，没一件事不和静商量的；慧和抱素亲热，静亦从未表示不满的态度。"意见"从何来呢？　静最后的猜度是：慧的突然归家，一定和抱素有关；至于其中细情，局外人自然不得而知。

但虽然勉强解释了慧的回家问题，静的"无事生气"依然如故，因为独自个生气，已经成为她的日常功课了。她靠在藤榻上，无条理地乱想。

前楼的二房东老太太正在唠唠叨叨地数说她的大孙女。窗下墙脚，有一对人儿已经在那里谈了半天，不知怎的，现在变为相骂，尖脆的女子口音，一句句传来，异常清晰，好像就在窗外。一头苍蝇撞在西窗的玻璃片上，依着它的向光明的本能，固执地硬钻那不可通的路径，发出短促而焦急的嘤嘤的鸣声。一个撕破口的信封，躺在书桌上的散纸堆中，张大了很难看的破口，似乎在抱怨主人的粗暴。

静觉得一切声响，一切景象，都是可厌的；她的纷乱的思想，毫无理由地迁怒似的向四面放射。她想起方女士告诉她的那个笑话——一个男同学冒了别人的名写情书；她又想起三天前在第五教室前走过，瞥见一男一女拥抱在墙角里；她又想起不多几时，报纸上载着一件可怕的谋杀案，仿佛记得原因还是女人与金钱。她想起无数的人间的丑恶来。这些丑恶，结成了大的黑柱，在她眼前旋转。她宁愿地球毁灭了罢，宁愿自杀了罢，不能再忍受这无尽的丑恶与黑暗了！

她将两手遮住了面孔，颓然躺在藤榻上，反复地机械地念着"毁灭"，从她手缝里淌下几点眼泪来。

眼泪是悲哀的解药，会淌眼泪的人一定是懂得这句话的意义的。 静的神经现在似乎略为平静了些，暂时的全无思想，沉浸在眼泪的神奇的疗救中。

然后，她又想到了慧。 她想，慧此时该已到家了罢? 慧的母亲，见慧到家，大概又是忙着要替她定亲了。 她又想着自己的母亲，她分明记得——如同昨日的事一样——到上海来的前晚，母亲把她的用品，她的心爱的东西，一件一件理入网篮里，衣箱里。 她记得母亲自始就不愿意她出外的，后来在终于允许了的一番谈话中，母亲有这样几句话："我知道你的性情，你出外去，我没有什么不放心，只是你也一年大似一年了，趁早就定个亲，我也了却一桩心事。"她那时听了母亲的话，不知为什么竟落下眼泪来。 她记得母亲又安慰她道："我绝不硬做主，替你定亲，但是你再不可执拗着只说一世不嫁了。"她当时竟感动得放声哭出来了。 她又记起母亲常对她说："大姨母总说我纵容你，我总回答道：'阿静心里凡事都有个数儿，我是放心的。'你总得替你妈争口气，莫要落人家的话柄。"静又自己忖量：这一年来的行为总该对得住母亲? 她仿佛看见母亲的温和的面容，她扑在母亲怀里说道："妈呀! 阿静牢记你的教训，不曾有过半点荒唐，叫妈伤心! "

静猛然想起，箱子里有一个金戒指，是母亲给她的，一向因为自己不喜欢那种装饰品，总没戴过。 她慌忙开了箱子，找出那个戒指来。 她像见了最亲爱的人，把戒指偎在胸口，像抱着一个孩子似的，轻轻地摇摆她的上半身。

　　玻璃窗上那个苍蝇，已经不再盲撞，也不着急地嘤嘤地叫，此时它静静地爬在窗角，搓着两只后脚。

　　母亲的爱的回忆，解除了静的烦闷的包围。半小时紧张的神经，此时弛松开来。金戒指抱在怀里，静女士醉醺醺地回味着母亲的慈爱的甜味。半小时前，她觉得社会是极端的黑暗，人间是极端的冷酷，她觉得生活太无意味了；但是现在她觉得温暖和光明到底是四处地照耀着，生活到底是值得留恋的。不是人人有一个母亲么？不是每一个母亲都有像她的母亲那样的深爱么？就是这母亲的爱，温馨了社会，光明了人生！

　　现在静女士转又责备自己一向太主观，太是专从坏处着想，专戴了灰色眼镜看人生。她顿然觉得平日被她鄙夷的人们原来不是那么不足取的；她自悔往日太冷僻，太孤傲，以至把一切人都看作仇敌。她想起抱素规劝她的话来，觉得句句是知道她的心的，知道她的好处，她的缺点的，是体贴她爱惜她的。

　　于是一根温暖的微丝，掠过她的心，她觉得全身异样地软瘫起来，她感觉到一种像麻醉的味儿。她觉得四周的物件都是异常温柔地对着她，她不敢举手，不敢动一动脚，恐怕损伤了它们；她甚至于不敢深呼吸，恐怕呵出去的气会损伤了什么。

　　太阳的斜射光线，从西窗透进来，室中温度似乎加高了。 静还穿着哔叽旗袍，颇觉得重沉沉，她下意识地拿一件纱的来换上。 当换衣时，她看着自己的丰满的处女身，不觉低低叹了一声。 她又坐着，温理她的幻想。

门上来了轻轻的弹指声。 静侧耳谛听。 弹指声第二次来了，是一个耳熟的弹指声。 静很温柔地站起来，走到门边，开了门时，首先触着眼帘的，是血红的领带，来者果然是抱素。 不知是红领带的反映呢，或者别的缘故，静的脸上倏然浮过一片红晕。

抱素眼眶边有一圈黑印，精神微现颓丧。 他坐在书桌前的椅子上，看着前天还是安放慧的行军床的地方。 两人暂时没有话。 静的眼光追随着抱素的视线，似乎在寻绎他的思路。

"慧昨天回家去了。"静破例地先提起了话头。

抱素点头，没有话。 一定有什么事使这个人儿烦闷了。静猜来大概是为了慧女士。 她自以为有几分明了慧的突然回去的原因了。

"慧这人很刚强，有决断；她是一个男性的女子。 你看是么？"静再逗着说。

"她家里还有什么人罢？"抱素管自地问。

"慧素来不谈她自己家里的事。 我也不喜欢打听。"静淡然回答，"你也不知道她的家庭情形么？"

"她不说，我怎么知道呢？ 况且，我和她的交情，更次于你和她。"抱素觉得静女士的话中有核，急自分辩说。

静笑了一笑。从心的深处发出来的愉快的笑。不多时前温柔的幻境，犹有余劲，她现在看出来一切都是可爱的淡红色了。

"你知道她在外国做些什么？"抱素忍不住问了。

静女士摇头，既而说："说是读书，我看未必正式进学校罢。"

抱素知道静是真不知道，不是不肯说。他迟疑了一会儿，后来毅然决然地对静说道："密司章，你不知道慧突然回去的原因罢？"

静一怔，微微摇头。

"你大概想不到是我一席话将她送走的罢？"抱素接着说，他看见静变色了，但是他不顾，继续说下去，"请你听我的供状罢。昨晚上我躲在床里几乎哭出声来了。我非在一个亲人一个知心朋友面前，尽情地诉说一番，痛哭一场，我一定要闷死了。"他用力咽下一口气去。

静亦觉惨然，虽则还是摸不着头绪。

慢慢地，但是很坚定地，抱素自述他和慧的交涉。他先讲他们怎样到法国公园，在那里，慧是怎样的态度，第二天，慧又是怎样的变了态度；他又讲自己如何的纳闷，李克的话如何可疑；最后，他说还是在"包打听"方女士那里知道了慧不但结过几次婚，并且有过不少短期爱人，因此他在前天和慧开诚布公地谈了一次。

"你总能相信，"抱素叹息着收束道，"如果不是她先对我表示亲热，我决不敢莽撞的；那晚在法国公园里，她捧着我的面孔亲嘴，对我说了那样多的甜蜜蜜的话语，但是第二天她好像都忘却了，及至前天我责问她时，她倒淡淡地说：'那不过乘着酒兴玩玩而已。你未免太认真了！'我的痛苦也就可想而知！自从同游法国公园后，我是天天纳闷；先前我还疑惑那晚她是酒醉失性，我后悔不该喝酒，自恨当时也受了热情的支配，不能自持。后来听人家告诉了她的从前历史，因为太不堪了，我还是半信半疑，但是人家却说得那么详细，那么肯定，我就不能不和她面对面地谈一谈，谁料她毫不否认，反理直气壮地说是'玩玩'，说我'太认真'！咳……"这可怜的人儿几乎要滴下眼泪来了，"咳，我好像一个处女，怀着满腔的纯洁的爱情，却遇着了最无信义的男子，受了他的欺骗，将整个灵魂交给他以后，他便翻脸不认人，丢下了我！"

他垂下头，脸藏在两手里。

半晌的沉默。

抱素仰起头来，又加了一句道："因为我当面将她的黑幕揭穿了，所以她突然搬走。"

静女士低着头，没有话；回忆将她占领了。慧果真是这样一个人么？然而错误亦不在她。记得半月前慧初来时，不是已经流露过一句话么？"我就用他们对待我的法子回敬他们呵！"这句话现在很清晰地还在静的耳边响呢。从这句话，可以想见慧过去的境遇，想见慧现在的居心。犹如受了伤的野兽，慧现在是狂怒地反噬，无理由无选择地施行她的报复。 最初损害她的人，早已挂着狞笑走得不知去向了，后来的许多无辜者却做了血祭的替身！ 人生本就是这么颠倒错误的！ 静迷惘地想着，她分不清对慧是爱是憎，她觉得是可怜，但怜悯与憎恨也在她的情绪中混为一片，不复能分。 她想：现在的抱素是可怜的，但慧或者更可怜些；第一次蹂躏了慧，使慧成为现在的慧的那个男子，自然是该恨了，但是安知这胜利者不也是被损害后的不择人而报复，正像现在慧之对于抱素呢？ 依这么推论，可恨的人都是可怜的。 他们都是命运的牺牲者！ 静这么分析人类的行为，心头夷然舒畅起来，她认定怜悯是最高贵的情感，而爱就是怜悯的转变。

"你大概恨着慧罢？"静打破了沉寂，微笑，凝视着抱素。"不恨。 为什么恨呢？"抱素摇着他的长头发，"但是爱的意味也没有了。 我是怕她。 哦，我过细一想，连怕的意味也没有了，我只是可惜她。"

"可惜她到底是糟蹋了自己身体。"静仍旧微笑着，眼睛里射出光来。

"也不是。 我可惜她那样刚毅，有决断，聪明的人儿，竟自暴自弃，断送了她的一生。"他说着又微喟。

"你认定这便是她的自暴自弃么？"

抱素愕然半晌，他猜不透静的意思，他觉得静的泰然很可怪，他原先料不及此。

"你大概知道她是不得已，或是……"他机警地反问。

"慧并没对我直接谈过她自己的事，"静拦住了说，"但是我从她无意中流露的对于男子的憎恨，知道她现在的行为全是反感，也可以说是变态心理。"

抱素低了头，不响；半晌，他抬起头，注视静的脸，说道："我真是太粗心了！我很后悔，前天我为什么那样怒气冲冲，我一定又重伤了她的心！"他的声音发颤，最后的一句几乎带着悲咽了。

静心里一软，还带些酸，眼眶儿有些红了。也许是同情于慧，然而抱素这几句话对于静极有影响，却是不能讳言的。她的"怜悯哲学"已在抱素心里起了应和，她该是如何的欣慰，如何的感动呵！从前抱素说的同学们对于他俩的议论，此时倏又闯进她的记忆；她不禁心跳了，脸也红了。她不敢看抱素，恐怕碰着他的眼锋。她心的深处似乎有一个声音说道："走上前，对他说，你真是我的知心。"但是她怩怩地只是坐着不动。

然而抱素像已经看到她的心，他现在立起来，走到她身边。静心跳得更厉害，迷惘地想道：他这不是就要来拥抱的姿势么？她惊奇，她又害怕；但简直不曾想到"逃避"。她好像从容就义的志士，闭了眼，等待那最后的一秒钟。

但是抱素不动手，他只轻轻地温柔地说道："我也替你常担忧呢！"静一怔，不懂他的意思。这人儿又接着说："你好端端的常要生气，悲观，很伤身的。你是个聪明人，境遇也不坏，在你前途的，是温暖和光明，你何必常常悲观，把自己弄成了神经病。"

这些话，抱素说过不止一次，但今天钻到静的耳朵里，分外的恳切，热剌剌的，起一种说不出的奇趣的震动。自己也不知怎么的，静霍然立起，抓住了抱素的手，说："许多人中间，就只你知道我的心！"她意外地滴了几点眼泪。

从静的手心里传来一道电流，顷刻间走遍了抱素全身；他突然挽住了静的腰肢，拥抱她。静闭着眼，身体软软的，没有抵拒，也没有动作；她仿佛全身的骨节都松开了，解散了，最后就失去了知觉。

当她回复知觉的时候，她看见自己躺在床上，抱素的脸贴着自己的。

"你发晕去了！"他低低地说。

没有回答，静翻转身，把脸埋在枕头里。

七

第二天，静女士直到十点多钟方才起来。昨夜的事，像一场好梦，虽有不尽的余味，然而模模糊糊地总记不清晰。她记得自己像酒醉般的昏昏沉沉过了一夜，平日怕想起的事，昨晚上是身不由己地做了。完全是被动么？静凭良心说："不是的。"现在细想起来，不忍峻拒抱素的要求，固然也是原因之一，但一大半还是由于本能的驱使，和好奇心的催迫。因为自觉并非被动，这位骄矜的小姐虽然不愿人家知道此事，而主观上倒也心安理得。

　　但是现在被剩下在这里，空虚的悲哀却又包围了她。　确不是寂寞，而是空虚的悲哀，正像小孩子在既得了所要的物件以后，便发见了"原来不过如此"，转又觉得无聊了。　人类本来是奇怪的动物。"希望"时时刺激它向前，但当"希望"转成了"事实"而且过去以后，也就觉得平淡无奇；特别是那些快乐的希望，总不叫人满意，承认是恰如预期的。

　　现在静女士坐在书桌前，左手支颐，惘然默念。　生理上的疲乏，又加强了她的无聊。　太阳光射在她身上，她觉得烦躁；移坐在墙角的藤榻上，她又嫌阴森了。　坐着腰酸，躺在床上罢，又似乎脑壳发胀。　她不住地在房中蹀躞。　出外走走罢？　一个人又有什么趣味呢？　横冲直撞的车子，寻仇似的路人的推挤，本来是她最厌恶的。

　　"在家里，这种天气便是最好玩的。"静不自觉地说了这一句话。　家乡的景物立刻浮现到她的疲倦的眼前；绿褥般的秧田，一方一方地铺在波浪形起伏的山间，山腰旺开的映山红像火一般，正合着乡谣所说的"红锦褥，红绫被"。　和风一递一递地送来了水车的刮刮的繁音和断续的秧歌。　向晚时，村前的溪边，总有一二头黄牛驯善地站在那里喝水，放牛的村童就在溪畔大榆树下斗纸牌，直到家里人高声寻唤了两三次，方才牵了牛懒懒地回去。　梅子已经很大了，母亲总有一二天忙着把青梅用盐水渍过，再晒干了用糖来饯——这是静最爱吃的消闲品。　呵！　可爱的故乡！　虽则静十分讨厌那些乡邻和亲戚见着她和母亲时，总是啧啧地说："静姑益发标致了！ 怎么还没有定个婆家？ 山后王家二官人今年刚好二十岁，模样儿真好……"她又讨厌家乡的固陋鄙塞和死一般的静止。 然而故乡终究是可爱的故乡，那边的人都有一颗质朴的赤热的心。

一片幻景展开来了。 静恍惚已经在故乡。 她坐在门前大榆树根旁的那块光石头上面——正像七八年前光景——看一本新出版的杂志。 母亲从门内出来，抱素后随；老黄狗阿金的儿子小花像翊卫似的在女主人身边绕走，摇着它的小尾巴，看住了女主人的面孔，仿佛说："我已经懂得事了！"母亲唇上，挂着一个照常的慈祥的微笑。

幻想中的静的脸上也透出一个甜蜜的微笑，但"现实"随即推开了幻想的锦幛，重复抓住了它的牺牲者。 静女士喟然送别刚消失的幻象，依旧是万分无聊。 幻想和一切兴奋剂一样，当时固然给你暂时的麻醉，但过后却要你偿还加倍的惆怅。

静坐到书桌前，提起笔来，想记下一些感想，刚写了十几个字，觉得不对，又抹去了。 她乱翻着书本子，想找一篇平日心爱的文章来读，但看了两三行，便又丢开了。 桌面实在乱的不像样，她下意识地拿起书本子，纸片，文具，想整理一下，忽然触着了一本面生的小小的皮面记事册，封面上粘着一条长方的纸，题着一句克鲁泡特金的话：

　　无论何时代，改革家和革命家中间，一定有一些<u>安那</u>其主义者在。

　　　　　　　　　　　《近代科学与安那其主义》

　　静知道这小册子是抱素的，不知什么时候放在桌上，忘却带走了。 她随手翻了一翻，扑索索地掉下几张纸片来。 一帧女子的照相，首先触着眼睛，上面还写着字道："赠给亲爱的抱素。 一九二六·六·九·金陵。"静脸色略变，掠开了照相，再拿一张纸看时，是一封信。 她一口气读完，嘴唇倏地苍白了，眼睛变为小而红了。 她再取那照相来细看。 女子自然是不认识的，并且二寸的手提镜，照的也不大清楚，但看那风致，——蓬松的双鬓，短衣，长裙，显出腰肢的婀娜——似乎也是一个幽娴美丽的女子。 静心里像有一块大石头压着，颞颥部的血管固执地加速地跳，她拿着这不识者的照相，只是出神。 她默念着信中的一句："你的真挚的纯洁的热烈的爱，使我不得不抛弃一切，不顾一切！"她闭了眼，咬她的失血的嘴唇，直到显出米粒大小的红痕。 她浑身发抖，不辨是痛苦，是愤怒。 照片从她手里掉在桌上，她摊开两手，往后靠住椅背，呆呆地看着天空。 她不能想，她也没有思想。

　　像是出死劲挣扎又得了胜似的，她的意识回复过来，她的僵直而发抖的手指再拿起那照相来看。 她机械地念着那一句："赠给亲爱的抱素。 一九二六·六·九·金陵。"她忽然记起来：六月九日，那不是抱素自己说的正是他向慧要求一个最后答复的一日么！ 那时，这可怜的画中人却写了这封信，寄赠了整个的灵魂的象征！ 那时，可怜的她，准是忙着做一些美满甜蜜的梦！ 静像一个局外人，既可怜那被欺骗的女子，转又代慧庆幸。 她暂时忘记了自身的悲痛。 她机械地推想那不识面的女子此时知道了真相没有。 如果已经知道，是怎样一个心情？ 忍受了呢？ 还是斗争？ 她好奇似的再检那小册子，又发见一张纸，写着这样几句：

> 信悉。兹又汇上一百元。帅座以足下之报告，多半空洞，甚为不满。此后务望切实侦察，总须得其机关地点及首要诸人姓名。不然，鄙人亦爱莫能助，足下津贴，将生问题矣。好自为之，不多及。……

因为不是情书，静已将这纸片掠开，忽然几个字跳出来似的拨动了她的思想："帅座……报告……津贴。"她再看一遍，一切都明白了。 暗探，暗探！ 原来这位和她表同情专为读书而来的少年却不多不少正是一位受着什么"帅座"的津贴的暗探！ 像揣着毒物似的，静把这不名誉的纸片和小册子，使劲地撩在地上。 说不出的味儿，从她的心窝直冲到鼻尖。 她跑到床前，把自己掷在床里，脸伏在被窝上。 她再忍不住不哭了！ 二十小时前可爱的人儿，竟太快地暴露了狰狞卑鄙的丑态。 他是一个轻薄的女性猎逐者！ 他并且又是一个无耻的卖身的暗探！ 他是骗子，是小人，是恶鬼！ 然而自己却就被这样一个人玷污了处女的清白！ 静突然跳起来，赶到门边，上了闩，好像抱素就站在门外，强硬地要进来。

现在静女士的唯一思想就是如何逃开她的恶魔似的"恋人"。 呜呜的汽笛声从左近的工厂传来，时候正是十二点。静匆忙中想出了一个主意。 她拿了一两件衣服，几件用品，又检取那两封信，一张照片和小册子，都藏在身边，锁了门就走。 在客堂里，看见二房东家的少妇正坐在窗前做什么针线。 这温柔俏丽的少妇，此时映在静的眼里比平日更可爱；好像在乱离后遇见了亲人一般，静突然感动，几乎想拥抱她，从头儿诉说自己胸中的悲酸。 但是到底只说了一句话："忽然生病了，此刻住医院去。 病好了就来。"

少妇同情地点着头，目送静走出了大门，似乎对于活泼而自由的女学生的少女生活不胜其歆羡。 她呆呆地半晌，然后又低了头，机械地赶她的针线。

八

住医院的第二日，静当真病了。 医生说是流行性感冒，但热度很高，又咳嗽得厉害。 病后第二天下午，这才断定是猩红症，把她移到了隔离病房。

十天之后，猩红症已过危险时期，惟照例须有两个月的隔离疗养。 这一点，正合静的心愿，因为借此可以杜绝抱素的缠绕。 即使他居然找到了这里，但既是医院内，又是猩红症的患者，他敢怎么样？ 静安心住下。 而且这病，像已在现在和过去之间，划了一道界线，过去的一切不再闯入她的暂得宁静的灵魂了。

一个月很快地过去。 每天除了睡觉，就是看报——不看报，她更没事做。 这一月中，她和家里通了三次信，此外不曾动过笔；她不愿别人知道她的踪迹。 况且她的性格，也有几分变换了。 本来是多愁善感的，常常沉思空想，现在几乎没有思想：过去的，她不愿想；将来的，她又不敢想。 人们都是命运的玩具，谁能逃避命运的播弄？ 谁敢说今天依你自己的愿望安排定的计划，不会在明天被命运的毒手轻轻地一下就全部推翻了呢？ 过去的打击，实在太厉害，使静不敢再自信，不敢再有希望。 现在她只是机械地生活着。 她已经决定：出了医院就回家去，将来的事，听凭命运的支配罢。

医院里有一位助理医生黄兴华，和静认了同乡，常常来和她闲谈。 黄医生是一个脚踏实地的人，俭朴，耐劳，又正直；所以虽然医道并不高明，医院里却深资依界。 他是医生，然而极留心时事，最喜欢和人谈时事。 人家到他房里，从没见他读医书，总见他在看报，或是什么政治性的杂志。他对于政治上的新发展，比医学上的新发明更为熟悉。

有一天，黄医生喜气冲冲地跑来，劈头一句话，就是：

"密司章，吴佩孚打败了！"

"打败了？"静女士兴味地问，"报上没见这个消息？"

"明天该有了。 我们院里刚接着汉口医院的电报。 是千真万确的。 吴佩孚自己受伤，他的军队全部溃散，革命军就要占领汉口了。"黄医生显然是十分兴奋。"这一下，中国局面该有个大变化了。"他满意地握着手。

"你看来准是变好的么？"静怀疑地问。

"自然。 这几年来，中国乱的也够了，国家的主权也丧失尽了；难道我们五千年历史的汉族，就此算了么？ 如果你是这么存心，就不是中国人了。 中国一定有抬头的一日。只要有一个名副其实的共和政府，把实业振兴起来，教育普及起来，练一支强大的海陆军，打败了外国人，便成为世界一等强国。"黄医生鼓起他常有的雄辩口吻，又讲演他的爱国论了。

在一年以前，此类肤浅的爱国论大概要惹起静女士的暗笑的，因为那时她自视甚高，自以为她的"政治思想"是属于进步的；但是现在她已经失掉了自信心，对于自己从前的主张，根本起了怀疑，所以黄医生的议论在她耳边响来就不是怎样的不合意。 况且黄医生的品行早已得了静的信仰，自然他的议论更加中听了。 静开始有点兴奋起来，然而悲观的黑影尚遮在她眼前；她默然半响，慢慢地说：

"我们知道国民党有救国的理想和政策，我的同学大半是国民党。 但是天意确是引导人类的历史走到光明的路么？你看有多少好人惨遭失败，有多少恶人意外地得意；你能说人生的鹄的是光明么？ 革命军目前果然得了胜利，然而黑暗的势力还是那么大！"

"怎么迷信命运了？"黄医生诧异地笑，"我们受过科学洗礼的人，是不应该再有迷信的。"他顿了一顿，"况且，便拿天意而论，天意也向着南方；吴佩孚兵多，粮足，枪炮好，然而竟一败涂地！"

他扳起指头，计算吴佩孚的兵力，他每天读报的努力此时发生作用了；他滔滔地讲述两军的形势，背诵两军高级军官的姓名；静女士凝神静听。 后来，在外边高叫"黄医生"的声中，他作了结论道："报上说革命军打胜仗，得老百姓的帮助；这话，我有些不懂。 民心的向背，须待打完了仗，才见分晓。 说打仗的时候，老百姓帮忙，我就不明白。"

黄医生的热心至少已经引起静女士对于时事的注意了。她以前的每日阅报，不过是无所事事借以消闲，现在却起了浓厚的兴趣。 每一个专电，每一个通讯，关于南北战事的，都争先从纸上跳起来欢迎她的眼光。 并且她又从字缝中看出许多消息来。 议论时事，成为她和黄医生的每日功课，比医院里照例的每日测验体温，有精神得多！ 一星期以后，静女士已经剥落了悲观主义的外壳，化为一个黄医生式的爱国主义者了。

然而她同时也还是一个旁观者。 她以为在这争自由的壮剧中，像她那样的人，是无可贡献的；她只能掬与满腔的同情而已。

革命军的发展，引起了整个东南的震动。 静连得了两封家信，知道自己的家乡也快要卷入战争的漩涡。 母亲在第一封信中说：有钱的人家几乎已经搬尽，大姨夫劝她到上海避避。 静当即复了封快信，劝母亲决定主意到上海来。 但是母亲的第二封信，九月十日的，说已经决定避到省里大姨夫家去，省里有海军保护，是不怕的，况且大姨夫在海军里还有熟人；这封信，附带着又说："你大病初愈，不宜劳碌，即在医院中静养，不必回省来；且看秋后大局变化如何，再定行止。"因此，猩红症的隔离疗养期虽然满了，静还是住在这医院里；因为挂念着家乡，挂念着母亲，她更热切地留心时事。

战事的正确消息，报纸上早已不敢披露了。 黄医生每天从私人方面总得了些来，但也不怎么重要。 最新奇有趣的消息，却是静的旧同学李克传来的。 双十节那天，静在院内草场上散步，恰遇李克来访友，正撞见了。 这短小的人儿不知从什么地方探听得许多新闻。 静当下就请他常来谈谈。 ——前月她派人到从前的二房东处取行李，得了抱素留下的一封信，知道他已回天津去了，所以静女士现在没有秘密行踪之必要了。

从李克那里，静又知道院内新来了两个女同学，一位是大炮史俊的恋人赵赤珠，一位是闹过三角恋爱的王诗陶。 静和这两位，本来不大接谈，但现在恰如"他乡遇故知"，居然亲热起来，常到她们那里坐坐了。 每天下午二时左右，赵女士王女士的病房里便像开了个小会议，李克固然来了，还有史俊和别的人；静总在那里消磨上半点钟，听完李克的新闻。

黄医生有时也来加入。

革命军占领九江的第二天，赵、王二女士的病房里格外热闹；五六个人围坐着听李克的新闻。王女士本来没有什么病，这天更显得活泼娇艳；两颗星眸不住地在各人脸上溜转，一张小嘴挂着不灭的微笑，呈露可爱的细白牙齿。她一只手挽在她的爱人东方明的肩上，歪着上半身，时时将脚尖点地，像替李克的报告按拍子。龙飞坐在她对面，一双眼睐着她，含有无限深情。大家正在静听李克讲马回岭的恶战，忽然龙飞按住王女士的腿说："别动！"王女士一笑，有意无意地在龙飞肩头打了一下。在场的人们都笑起来了。史俊伸过一只手来推着东方明道："提出抗议！你应该保障你的权利！""那天会场上，史大炮的提议失败了，你们看他老是记着，到处利用机会和王诗陶作对呢！"李克停顿了报告，笑着说。

"赤珠！我就不信没有男同志和你开玩笑。"王女士斜睆着赵女士，针对史大炮的话说。

"大家不要开玩笑了，谈正事要紧。"东方明解纷，截住了赵女士嘴边的话语。

"新闻也完了，"李克一面伸欠，一面说，"总之，现在武汉的地位巩固了。"

"到武汉去,明天就去!"史大炮奋然说,"那边需要人工作!"

"人家打完了,你才去!"王女士报复似的顶一句。

"我看你不去!"史大炮也不让。

"当真我们去做什么事呢?"赵女士冒冒失失地问。

龙飞偷偷地向王女士做了个鬼脸。 李克微笑。

"那边的事多着呢!"东方明接着说,"女子尤其需要。"

"需要女子去做太太!"龙飞忍住了笑,板着脸抢空儿插入了这一句。

"莫开玩笑!"李克拦住,"真的,听说那边妇女运动落后。 你们两位都可以去。"又转脸对静女士说,"密司章,希望你也能去。"

静此时已经站起来要走,听了李克的话,又立住了。"我去看热闹么?"她微笑地说,"我没做过妇女运动。 并且像我那样没用的人,更是什么事都不会做的。"

赵女士拉静坐下,说道:"我们一同去罢。"

"密司章,又不是冲锋打仗,那有不会的理。"史俊也加入鼓吹了,"你们一同去,再好没有。"

"章女士……"

龙飞刚说出三个字,赵女士立刻打断他道:"不许你开口! 你又来胡闹了!"

"不胡闹!"龙飞吐了口气,断然地说下去,"章女士很能活动，我是知道的。 她在中学时代，领导同学反对顽固的校长，很有名的！”

"这话是谁说的？"静红着脸否认。

"包打听说的。"龙飞即刻回答，他又加一句道："包打听也要到汉口去，你们知道么？"

"她去干什么！"王女士很藐视地说。

"去做包打听！"大家又笑起来。

"密司章，你不是不能，你是不愿。"李克发言了，"你在学校的时候很消极，自然是因为有些同学太胡闹了，你看着生气。 我看你近来的议论，你对于政治，也不是漠不关心的，你知道救国也有我们的一份责任。 也许你不赞成我们的做派，但是革命单靠枪尖子就能成么？ 社会运动的力量，要到三年五年以后，才显出来，然而革命也不是一年半载打几个胜仗就可以成功的。 所以我相信我们的做派不是胡闹。至于个人能力问题，我们大家不是顶天立地的英雄，改造社会亦不是一二英雄所能成功，英雄的时代已经过去了，现在是常识以上的人们合力来创造历史的时代。 我们不应该自视太低。 这就是我们所以想到武汉去的原因，也就是我劝你去的理由。"

"李克的话对极了！"史大炮跳起来说，"明天，不用再迟疑，和赤珠一同去。"

"也不能这么快。"东方明说着立起身来，"明天，后天，一星期内，谁也走不动呢。 慢慢再谈罢。"

　　"会议"告了结束，四个男子都走了，留下三个女子。静女士默然沉思，王女士忙着对镜梳弄她的头发，赵女士无目的地望着天空。

　　静怀着一腔心事，回到自己房里；新的烦闷又凭空抓住了她了。 这一次和以前她在学校时的烦闷，又自不同。 从前的烦闷，只是一种强烈的本能的冲动，是不自觉的，是无可名说的。 这一次，她却分明感得是有两种相反的力量在无形中牵引她过去的创痛，严厉地对她说道："每一次希望，结果只是失望；每一个美丽的憧憬，本身就是丑恶；可怜的人儿呀，你多用一番努力，多做一番你所谓奋斗，结果只加多你的痛苦失败的纪录。"但是新的理想却委婉地然而坚决地反驳道："没有了希望，生活还有什么意义呢？ 人之所以异于禽兽，就因为人知道希望。 既有希望，就免不了有失望。 失望不算痛苦，无目的无希望而生活着，才是痛苦呀！"过去的创痛又顽固地命令她道："命运的巨网，罩在你的周围，一切挣扎都是徒然的。"新的理想却鼓动她道："命运，不过是失败者无聊的自慰，不过是懦怯者的解嘲。 人们的前途只能靠自己的意志自己的努力来决定。"这两股力一起一伏地牵引着静，暂时不分胜负。 静悬空在这两力的平衡点，感到了不可耐的怅惘。 她宁愿接受过去创痛的教训，然而新理想的诱惑力太强了，她委决不下。 她屡次企图遗忘了一切，回复到初进医院来时的无感想，但是新的诱惑新的憧憬，已经连结为新的冲动，化成一大片的光耀，固执地在她眼前晃。

她也曾追索这新冲动的来源，分析它的成分，企图找出一些"卑劣"来，那就可名正言顺地将它撇开了，但结果是相反，她反替这新冲动加添了许多坚强的理由。她刚以为这是虚荣心的指使，立刻在她灵魂里就有一个声音抗议道："这不是虚荣心，这是责任心的觉醒。现在是常识以上的人们共同创造历史的时代，你不能抛弃你的责任，你不应自视太低。"她刚以为这是静极后的反动，但是不可见的抗议者立刻又反驳道："这是精神活动的迫切的要求，没有了这精神活动，就没有现代的文明，没有这世间。"她待要断定这是自己的意志薄弱，抗议立刻又来了："经过一次的挫折而即悲观消极，像你日前之所为，这才是意志薄弱！"

争斗延长了若干时间，静的反抗终于失败了。过去的创痛虽然可怖，究不敌新的憧憬之迷人。她回复到中学时代的她了。勇气，自信，热情，理想，在三个月前从她身上逃走的，现在都回来了。她决定和赵女士她们同走。她已经看见新生活——热烈，光明，动的新生活，张开了欢迎的臂膊等待她。这个在恋爱场中失败的人儿，现在转移了视线，满心想在"社会服务"上得到应得的安慰，享受应享的生活乐趣了。

因为赵女士在上海还有一个月的停留，静女士先回到故乡去省视母亲。故乡已是青天白日的世界了，但除了表面的点缀外，依然是旧日的故乡，这更坚决了静女士的主意。在雨雪霏霏的一个早晨，她又到了上海，第二天便和赵女士一同上了长江轮船，依着命运的指定，找觅她的新生活去了。虽然静女士那时脑中断没有"命运"二字的痕迹。

九

静女士醒来时，已是十点十分。 这天是阴天，房里光线很暗，倒也不显得时候不早。 因为东方明跟军队出发去了，她和王女士同住人家一个大厢楼，她和王女士已经成了好朋友。 昨夜她们谈到一点钟方才上床，兴奋的神经又使她在枕头上辗转了两小时许方才睡着；此时她口里发腻，头部胀而且昏。 自从到汉口的两个多月里，她几乎每夜是十二点以后上床，睡眠失时，反正已成了习惯，但今天那么疲倦，却是少有的。 她懊丧地躺着，归咎于昨夜的谈话太刺激。

街上人声很热闹。 一队一队的军乐声，从各方传来。轰然的声音是喊口号。 静女士瞿然一惊，不知从哪里来的精神，她一骨碌翻起身来，披了件衣服，跑到窗前看时，见西首十字街头正走过一队兵，颈间都挂着红蓝白三色的"牺牲带"，枪口上插着各色小纸旗，一个皮绑腿的少年，站在正前进的队伍旁边，扬高了手，领导着喊口号。 静知道这一队兵立刻就要出发到前线去了。 兵队的前进行伍，隔断了十字街的向东西的交通，这边，已经压积了一大堆的旗帜——各色各样人民团体的旗号，写口号的小纸旗，青天白日满地红旗；几个写着墨黑大字的白竹布大横幅，很局促地夹在旗阵中，也看不清是什么字句。旗阵下面，万头攒动，一阵阵的口号声，时时腾空而上。

静女士看了二三分钟，回身来忙倒水洗脸，失眠的疲乏，早已被口号呼声赶跑了。她猛看见桌上有一张纸，是王女士留的字条：

> 不来惊破你的好梦。我先走了。专渡各界代表的差轮在江汉关一码头。十一点钟开。
>
> 　　　　　　　　　　　　　　　诗　九时二十分

十分钟后，静女士已坐在车上，向一码头去了。她要赶上那差轮。昨夜她和王女士说好，同到南湖去参加第二期北伐誓师典礼。

到一码头时，江岸上一簇一簇全是旗帜；这些都是等候轮渡的各团体民众。江汉关的大钟正报十点三刻。喊口号的声音，江潮般地卷来。海关码头那条路上，已经放了步哨。正对海关，一个大彩牌楼，二丈多长红布的横额写着斗大的白字。几个泥面的小孩子，钻在人堆里，拾那些抛落在地上的传单。码头边并肩挨得紧紧地，泊着大小不等的七八条过江小轮，最后的一条几乎是泊在江心；粘在码头边的，是一只小兵舰，像被挤苦的胖子，不住地"吱啵吱啵"地喘气。几个黄制服的"卫士"，提着盒子炮，在舰上踱方步。

一切印象——每一口号的呼喊，每一旗角的飘拂，每一传单的飞扬，都含着无限的鼓舞。 静女士感动到落了眼泪来。 她匆匆地通过码头，又越过二三条并肩靠着的小轮，才看见一条船的差轮旗边拖下一条长方白布，仿佛写着"各团体"等字。 船的甲板上已经站满了人。 她刚走近船舷，一个女子从人丛里挤出来迎着她招呼。

这女子原来是慧女士，她来了快一月了。 她终究在此地找到了职业，是在一个政府机关内办事。

王女士终于不见，但差轮却拉着"回声"，向上流开走了。 待到船靠文昌门布局码头，又雇了车到南湖时，已经是下午二点钟。 南湖的广场挤满了枪刺和旗帜，巍巍然孤峙在枪刺之海的，是阅兵台的尖顶。

满天是乌云，异常阴森。 军事政治学校的学生队伍中发出悲壮的歌声，四面包围的阴霾，也似乎动摇了。 飘风不知从哪一方吹来，万千的旗帜，都猎猎作声。 忽然轰雷般的掌声起来，军乐动了，夹着许多高呼的口号，誓师委员到场了。 静和慧被挤住在人堆里，一步也动不得。

军乐声，掌声，口号声，传令声，步伐声，错落地过去，一阵又一阵，誓师典礼按顺序慢慢地过去。 不知从什么时候下起头的雨，此时忽然变大了。 许多小纸旗都被雨打坏了，只剩得一根光芦柴杆儿，依旧高举在人们手中，一动也不动。

"我再不能支持了！"慧抖着衣服说，她的绸夹衣已经湿透，粘在身上。

　　"怎么办呢？ 又没个避雨的地方。"静张望着四面说。"也像你那样穿厚呢衣服，就不怕了，"慧懊怅地说，"我们走罢。"她嗫嚅地加了一句，她们身后的人层，确也十分稀薄了。

　　静也已里外全湿，冷得发抖，她同意了慧的提议。 那时，全场的光芦柴杆儿一齐摇动，口号声像连珠炮似的起来，似乎誓师典礼也快完了。

十

　　参加誓师典礼回来后，静女士病了，主要原因是雨中受凉。 但誓师典礼虽然使静肉体上病着，却给她精神上一个新的希望，新的安慰，新的憧憬。

　　过去的短短的两个多月，静女士已经换了三次工作，每一次增加了些幻灭的悲哀；但现在誓师典礼给她的悲壮的印象，又重新燃热了她的希望。

　　她和王、赵二女士本是一月二日就到了汉口的。 那时，她自觉满身是勇气，满眼是希望。 她准备洗去娇养的小姐习惯，投身最革命的工作。 东方明和龙飞已是政治工作人员了，向她夸说政治工作之重要；那时有一个政治工作人员训练委员会成立，招收"奇才异能，遗大投艰"之士，静的心怦怦动了，便去报了名。 笔试的一天，她满怀高兴，到指定的笔试处去。 一进了场，这就背脊骨一冷；原来她料想以为应试者该都是些英俊少年的，谁知大不然，不但颇有些腐化老朽模样的人们捏着笔咿唔不止，并且那几位青年，也是油头光脸，像所谓"教会派"。 应试人中只她一个女子，于是又成了众"考生"视线的焦点：有几位突出饿老鹰的眼，骨碌骨碌地尽瞧；有几位睁大了惊异的眼睛，犹如村童见了"洋鬼子"。 试题并不难；然而应试者仍不乏交头接耳商量，直到灰布军服斜皮带的监试员慢慢地从身后走来，方才咳嗽一声，各自归了原号。 这些现象，静女士看着又好笑又好气，她已经失望，但还是忍耐着定心写自己的答案。

"翻阅参考书本不禁止。 但是尽抄《三民主义》原文也不中用，时间不早了，还是用心想一想，快做文章罢。"静忽听得一个监试员这么说。

场中有些笑声起来了。 静隔座的一位正忙着偷偷地翻一本书，这才如梦初醒地藏过了书，把住了笔，咿唔咿唔摇起肩膀来。 静不禁暗地里想道："无怪东方明他们算是出色人才了，原来都是这等货！"

那天静女士回到寓所后，就把目睹的怪相对王女士说了，并且叹一口气道："看来这委员会亦不过是点缀革命的一种官样文章罢了，没有什么意思。"

"那也不尽然。"王女士摇着头说，"我听东方明说，他和委员会的主持者谈过，知道他们确主张认真办事，严格甄录。 无奈应试者大抵是那一类脚色——冬烘学究，衙门蛀虫，又不能剥夺他们的考试权，只好让他们来考。 这班人多半是徒劳，一定不取的。"

两天后，考试结果发表了，果然只取了五名——三名是正取，二名是备取。 静女士居然也在正取之列。 这总算把她对于委员会的怀疑取消了。 于是她又准备去应口试。

出于意外，口试的委员是一个短小的说话声音很低的洋服少年，并不穿军装。 他对每个应试者问了十几道的问题，不论应试者怎样回答，他那张板板的小脸总没一些表示，令人无从猜摸他的意向。

"你知道慕沙里尼①是什么人？ "那短小的"委员"对一位应试者问了几个关于党国的大问题以后，突然取了常识测验的法儿了。 他在纸上写了慕沙里尼的译名，又写了西方拼法。

"慕——沙——里——尼……他是一个老革命家！ "应试者迟疑地回答。

"他是哪一国人？ 死了么？ "

"他是俄国人。 好像死得不久。 "

"季诺维夫②是什么人？ "口试委员毫无然否地换了题目。

———————————

① 通译墨索里尼，意大利法西斯党魁、独裁者，第二次世界大战的主要战犯之一。

② 通译季诺维夫。共产国际执行委员会首任主席，苏联共产党早期领导人，联共(布)党内新友对派的主要代表之一，曾任联共(布)中央委员、政治局委员等职。一九二七年被清除出党。

"他是反革命，白党。"应试者抢着回答，显然自以为有十二分的把握。

口试委员写了"季诺维夫"四个字。

"哦，先前是听错做谢米诺夫了。 这……这季诺维夫，该是英国人罢。"应试者用了商量的口吻了。

"安格联①。"口试委员再写。

"这卖国奴！ 这汉奸！ 他是北京的海关监督！"应试者爽快地答。

"许是奉天人罢？"口试委员追问一句，脸上的筋肉一根也不动。

"是。"应试者回答，迟疑地看着口试委员的脸。

静女士忍不住暗笑。

五个人的口试，消磨了一小时。 最后，短小的口试委员站起身来宣布道："各位的事情完了。 结果仍在报上发表。"他旋转脚跟要走了，但是四个人攒住了他：

"什么时候儿发表？"

"干么工作？"

"不会分发到省外去罢？"

"特务员是上尉阶级，也没经过考试。 我们至少是少校罢？"

问题衔接着掷过来。 口试委员似笑非笑地答道："明天

———————————

① 英国人，一九一一年至一九二七年任职中国海关总税务司。

就发表。 看明天的报！ 派什么工作须待主任批示，我们管不着。"

问题还要来，但勤务兵拿了一叠的请见单进来了。 那口试委员说了句"请和这里的杨书记接洽"，点着头像逃也似的走了。

第二天口试结果发表，只取了四名；正取中一名落选，二名备取倒全取上了。 静觉得这委员会办事也还认真，也就决心进去了。

每天有四五十人应笔试，每天有七八人应口试，每天有四五人被录取；静的"同人"一天一天多起来。 委员会把他们编成训练班，排定了讲堂的课程，研究的范围和讨论的题目。 在训练班开始的前一日，静就搬进那指定的宿舍。 她和王女士握别的时候说：

"我现在开始我的新生活。 我是一个弱者，你和赤珠批评我是意志薄弱，李克批评我是多愁善感；我觉得你们的批评都对，都不对；我自己不知道我是怎样一个人，我承认我有许多缺点，但我自信我根本上不是一个耽安逸喜享乐的小姐。 我现在决心去受训练，吃苦，努力，也望你时常督促我。"她顿了一顿，很亲热地挽住了王女士的臂膊，"从前我听人家说你浪漫，近来我细细观察，我知道你是一个豪爽不拘的人儿，你心里却有主见。 但是人类到底是感情的动物，有时热情的冲动会使你失了主见。 一时的热情冲动，会造成终身的隐痛，这是我的……"她拥抱了王女士，偷偷滴一点眼泪。

王女士感动到说不出话来。

然而抱了坚决主意的那时的静女士，只过了两星期多的"新生活"，又感到了万分的不满足。她确不是吃不得苦，她是觉得无聊。她看透了她的同班们的全副本领只是熟读标语和口号；一篇照例的文章，一次照例的街头宣讲，都不过凑合现成的标语和口号罢了。她想起外边人讥讽政治工作人员为"卖膏药"；会了十八句的江湖诀，可以做一个走方郎中卖膏药，能够颠倒运用现成的标语和口号，便可以当一名政治工作人员。有比这再无聊的事么？这个感想，在静的脑中一天一天扩大有力，直到她不敢上街去，似乎路人的每一注目就是一句"卖膏药"的讥笑。勉强挨满三个星期，她终于告退了。

此后，她又被王女士拉到妇女会里办了几星期的事，结果仍是嫌无聊，走了出来。她也说不出为什么无聊，哪些事无聊，她只感觉得这也是一种敷衍应付装幌子的生活，不是她理想中的热烈的新生活。

现在静女士在省工会中办事也已经有两个星期了。这是听了李克的劝告，而她自己对于这第三次工作也找出了差强人意的两点：第一是该会职员的生活费一律平等，第二是该会有事在办，并不是点缀品。

任事的第一日，史俊和赵女士——他俩早已是这里的职员，引静到各部分走了一遍，介绍几个人和她见面。她看见那些人都是满头大汗地忙着。 静担任文书科里的事，当天就有许多文件待办，她看那些文件又都是切切实实关系几万人生活的事。 她第一次得到了办事的兴趣，她终于踏进了光明热烈的新生活。 但也不是毫无遗憾，例如同事们举动之粗野幼稚，不拘小节，以及近乎疯狂的见了单身女人就要恋爱，都使静感着不快。

更不幸是静所认为遗憾的，在她的同事们适成其为革命的行为，革命的人生观，非普及于人人不可，而静女士遂亦不免波及。 她任事的第三日，就有一个男同事借了她的雨伞去，翌日并不还她，说是转借给别人了，静不得不再买一柄。 一次，一位女同事看见了静的斗篷，就说："嘿！ 多漂亮的斗篷！ 可惜我不配穿。"然而她竟拿斗篷披在身上，并且扬长走了。 四五天后来还时，斗篷肩上已经裂了一道缝。这些人们自己的东西也常被别人拿得不知去向，他们转又拿别人的；他们是这么惯了的，但是太文雅拘谨的静女士却不惯。 闹恋爱尤其是他们办事以外唯一的要件。 常常看见男同事和女职员纠缠，甚至嘬着要亲嘴。 单身的女子若不和人恋爱，几乎罪同反革命——至少也是封建思想的余孽。 他们从赵女士那里探得静现在并没爱人，就一齐向她进攻，有一个和她纠缠得最厉害。 这件事，使静十二分地不高兴，渐渐对于目前的工作也连带地发生了嫌恶了。

现在静病着没事，所有的感想都兜上了心头。 她想起半年来的所见所闻，都表示人生之矛盾。 一方面是紧张的革命空气，一方面却又有普遍的疲倦和烦闷。 各方面的活动都是机械的，几乎使你疑惑是虚应故事，而声嘶力竭之态，又随在暴露，这不是疲倦么？"要恋爱"成了流行病，人们疯狂地寻觅肉的享乐，新奇的性欲的刺激；那晚王女士不是讲过的么？ 某处长某部长某厅长最近都有恋爱的喜剧。 他们都是儿女成行，并且职务何等繁剧，尚复有此闲情逸趣，更无怪那班青年了。 然而这就是烦闷的反映。 在沉静的空气中，烦闷的反映是颓丧消极；在紧张的空气中，是追寻感官的刺激。 所谓"恋爱"，遂成了神圣的解嘲。 这还是荦荦大者的矛盾，若毛举细故，更不知有多少。 铲除封建思想的呼声喊得震天价响，然而亲戚故旧还不是拔茅连茹地登庸①了么？ 便拿她的同事而言，就很有几位是裙带关系来混一口饭的！

矛盾哪，普遍的矛盾。 在这样的矛盾中革命就前进了么？ 静不能在理论上解决这问题，但是在事实上她得了肯定。 她看见昨天的誓师典礼是那样地悲壮热烈，方恍然于平日所见的疲倦和烦闷只是小小的缺点，不足置虑；因为这些疲倦烦闷的人们在必要时确能慷慨为伟大之牺牲。 这个"新发现"鼓起了她的勇气。 所以现在她肉体上虽然小病，精神上竟是空前的健康。

———————————

① 拔茅连茹，比喻互相引荐，擢用一人就连带引进许多人，语出《周易·泰》："拔茅茹以其汇。"登庸，意为选拔任用，语出《书·尧典》："帝曰：畴咨若时登庸。"

在静女士小病休养的四五日中，"异乡新逢"的慧女士曾来过两次。 第二次来时，静女士已经完全回复健康，便答应了慧女士请吃饭的邀请。

慧请的客大半是同僚，也有她在外国时的朋友。 静都不认识，应酬了几句，她就默默地在旁观察。 一个黑矮子，人家称为秘书的，说话最多；他说话时每句末了的哈哈大笑颇有几分像"百代"唱片里的"洋人大笑"，静女士每见他张开口，便是一阵恶心。

"你们那里新来了位女职员，人还漂亮？ 哈，哈，哈。"黑矮子对一位穿洋服的什么科长说。

"总比不上周女士呵！"洋服科长回答，"倒是一手好麻雀。"

"周女士好酒量，更其难得了。 哈，哈，哈。"

细长脖子，小头，穿中山装的什么办事处主任，冒冒失失对慧嚷道：

"来！ 来！ 赌喝一瓶白兰地！"

静觉得那细长脖子小头的办事处主任，本身就像一个白兰地酒瓶。

慧那时和左首一个穿华达呢军装的少年谈得正忙，听着"白兰地酒瓶"嚷，只回眸微笑答道："秘书又来造我的谣言了。"

"一瓶白兰地。"黑矮子跳起来大声嚷，"昨天见你喝的。 今天你是替自己省酒钱了！ 哈，哈，哈。"

　　"那就非喝不可了！"一个人插进说。

　　"某夫人用中央票收买夏布，好打算呵！"坐在静右首的一位对一个短须的人说。

　　"这笔货，也不过是囤着瞧罢了。"一个光头人回答。静看见有一条小青虫很细心地在那个光头上爬。

　　黑矮子和"白兰地酒瓶"戳着慧喝酒，似乎已得了胜利，慧终究喝了一大杯白兰地。

　　渐渐谈锋转了方向，大家向女主人进攻。"白兰地酒瓶"一定要问慧用什么香水，军装少年拉着慧要和她跳舞，后来，黑矮子说要宣布慧最近的恋爱史，慧淡淡答道："有，你就宣布，只不许造谣！"

　　提到恋爱，这一伙半醉的人儿宛如听得前线的捷报，一齐鼓舞起来了；他们攒住了慧，不但动口，而且动手。然而好像还有点"封建思想残余"，竟没波及到静女士。

　　很巧妙地应付着，慧安然渡过了这一阵子扰动，宣告了"席终"。

　　慧女士送静回寓的途中，静问道："他们时常和你这般纠缠么？"她想起了慧从前所抱的主张，又想起抱素和慧的交涉。"可不是，"慧坦白地回答，"我高兴的时候，就和他们鬼混一下；不高兴时，我简直不理。静妹，你以为我太放荡了么？我现在是一个冷心人，尽管他们如何热，总温暖不了我的心！"

　　静仿佛看见慧的雪白浑圆的胸脯下，一颗带着伤痕的冷硬的心傲然地抖动着。 她拥抱了慧，低声答道：

"我知道你的心！"

<h1>十一</h1>

又是半个月过去了。 静女士，慧女士和王女士，现在成了最亲密的朋友。 三位女士的性格绝不相同，然而各人有她的长处，各人知道各人的长处。 两位都把静女士视同小妹妹，因为她是怯弱，温婉，多愁，而且没主意。 这两位"姊姊"，对于静实在是最大的安慰。 这也是静虽已厌倦了武汉的生活而却不愿回到家里去的原因。 自从到汉口以后，静接着母亲两次要她回去的信，说家乡现在也一样地有她所喜欢的"工作"呢。

静女士时常想学慧的老练精干，学王女士的外圆内方，又能随和，又有定见。 然而天性所限，她只好罢休。 在苦闷彷徨的时候，静一定要去找她的"慧姊姊"，因为慧的刚毅有决断，而且通达世情的话语，使她豁然超悟，生了勇气。 在寂寞幽怨的时候，静就渴愿和王女士在一处，她偎在这位姊姊的丰腴温软的身上，细听她的亲热宛转的低语，便像沉醉在春风里，那时，王女士简直成了静的恋人。 她俩既是这等亲热，且又同居，因此赵女士常说她们是同性爱。

然而王女士却要离开汉口了；因为东方明已经住定在九江，要王女士去。 离别在即，三个好朋友都黯然神伤，静女士尤甚。 她除了失去一个"恋人",还有种种自身上的忧闷。 王女士动身的前晚,她们三人同游首义公园,后来她们到黄鹤楼头的孔明墩边,坐着吹凉,谈心。

那晚好月光。 天空停着一朵朵的白云,像白棉花铺在青瓷盘上。 几点疏星,嵌在云朵的空隙,闪闪地射光。 汉阳兵工厂的大起重机,在月光下黑魆魆地蹲着,使你以为是黑色的怪兽,张大了嘴,等待着攫噬。 武昌城已经睡着了,麻布丝纱四局的大烟囱,静悄悄地高耸半空,宛如防御隔江黑怪兽的守夜的哨兵。 西北一片灯火,赤化了半个天的,便是有三十万工人的汉口。 大江的急溜,澌澌地响,武汉轮渡的汽笛,时时发出颤动哀切的长鸣。 此外,更没有可以听到的声音。

孔明墩下的三位女士,在这夏夜的凉气中谈笑着。 现在她们谈话的重心已经转移到静的工作问题了。

"工会里的事,我也厌倦了,"静女士说,"那边不少我这样的人,我决定不干了。 诗陶姊到九江去,我更加无聊。况且住宿也成问题——一个人住怪可怕的。"她很幽悒地挽住了王女士的手。

"工会的事,你原可不干,"慧女士先发表她的意见,同时停止了她的踱方步,"至于住宿,你还是搬到我那里。 我们在上海同住过,很有味。"

"你一天到晚在外边,我一个人,又没事做,真要闷死了。"

静不愿意似的回答。

"和我同到九江去，好不好？"王女士说的很恳切，把脸偎着静的颈脖。

静还没回答，慧女士抢着说道："我不赞成。"

"慧，你是怕我独占了静妹？"王女士笑着说。

"人家烦闷，你倒来取笑了，该打！"慧在王女士的臂上拧了一把，"我不赞成，为的是根本问题须先问静妹还想做事否；如想做事，自然应该在武汉。"

"我先前很愿做事，现在方知我这人到处不合宜。"静叹了口气，"大概是我的心眼儿太窄，受不住丝毫的委屈。 我这人，又懦怯，又高傲。 诗陶姊常说我要好心太切，可不是？ 我回想我到过的机关团体，竟没一处叫我满意。 大概又是我太会吹毛求疵。 比如工会方面，因为有一个人和我瞎纠缠，我就厌倦了工会的事。 他们那班人，简直把恋爱当饭吃。"

王女士和慧都笑了，忽然慧跺着脚道：

"好了，不管那些新式的，新新式的色中饿鬼！ 我们三个都到九江游庐山去！"

"我到九江去本来没有确定做事。 同去游庐山，好极了。"

王女士也赞成。"静，就这么办罢。"

静女士摇了摇头说："我不赞成。 带连你们都不做事，没有这个理！ 我本性不是懒惰人，而且在这时代，良心更督促我贡献我的一份力。 刚才我不是已经说过？ 两星期前我就不愿在工会中办事，后来在誓师典礼时我又感动起来，我想，我应该忍耐，因此又挨下来。 现在我虽然决心不干工会的事，还是想做一点于人有益，于己心安的事。"

王女士和慧都点着头。

"但是我想来想去总没有，"静接着再说，"诗陶姊又要走，少了一个精神上的安慰！"她低下头去，滴了两点眼泪，忽然又仰着泪脸对慧女士说道："慧姊！ 我常常想，学得你的谙练达观就好了，只恨我不能够！"

"明天一定不走！"王女士眼眶也红了，拥抱了静，很温柔地安慰她，"静妹，不要伤心，我一定等你有了理想中的事再走！"

"静！ 你叫我伤心！ 比我自己的痛苦还难受！"慧叹了口气，焦灼地来回走着。

大江的急溜，照旧渐渐作响。 一朵云缓缓移动，遮没了半轮明月，却放出一颗极亮的星。

慧女士忽然站住了，笑吟吟地说道："我想出来了！"

"什么事？"王女士和静同声问。

"想出静妹的出路来了！ 做看护妇去，岂不是于人有益，于己心安么？"

"怎么我忘了这个！"王女士忙接着说，"伤兵医院正缺看护。 救护伤兵委员会还征调市立各校的女教职员去担任呢！"

现在三个人又都是满脸的喜色了。 她们商量之后，决定王女士明天还是不走，专留一日为静选定医院，觅人介绍进去。

王女士跑了个整天，把这件事办妥。 她为静选定了第六病院。 这是个专医轻伤官长的小病院，离慧的寓处也不远。 在先士兵病院也有义务女看护，后来因为女看护大抵是小姐少奶奶女教员，最爱清洁，走到伤员面前时，总是用手帕掩了鼻子，很惹起伤员的反感，所以不久就撤销了。

十二

胜利的消息，陆续从前线传来。 伤员们也跟着源源而来。 有一天，第六病院里来了个炮弹碎片伤着胸部的少年军官，加重了静女士的看护的负担。

这伤者是一个连长，至多不过二十岁。 一对细长的眼睛，直鼻子，不大不小的口，黑而且细的头发，圆脸儿，颇是斯文温雅，只那两道眉棱，表示起起的气概，但虽浓黑，却并不见得怎样阔。 他裹在灰色的旧军用毯里，依然是好好的，仅仅脸色苍白了些；但是解开了军毯看时，左乳部已无完肤。 炮弹的碎片已经刮去了他的左乳，并且在他的厚实的左下胸刻上了三四道深沟。 据军医说，那炮弹片的一掠只要往下二三分，我们这位连长早已成了"国殇"。 现在，他只牺牲了一只无用的左乳头。

这军官姓强名猛，表字惟力；一个不古怪的人儿却是古怪的姓名。

在静女士看护的负担上，这新来者是第五名。 她确有富裕的时间和精神去招呼这后来者。 她除了职务的尽心外，对于这新来者还有许多复杂的向"他"心。 伤的部分太奇特，年龄的特别小，体格的太文秀，都引起了静的许多感动。 她看见他的一双白嫩的手，便想像他是小康家庭的儿子，该还有母亲，姊妹，兄弟，平素该也是怎样娇养的少爷，或者现在他家中还不知道他已经从军打仗，并且失掉了一只乳头。她不但敬重他为争自由而流血——可宝贵的青春的血；她并且寄予满腔的怜悯。

最初的四五天内，这受伤者因为创口发炎，体温极高，神志不清；后来渐渐好了，每天能够坐起来看半小时的报纸。 虽然病中，对于前线的消息，他还是十分注意。 一天午后，静女士送进牛奶去，他正在攒眉苦思。 静把牛奶杯递过去，他一面接杯，点头表示谢意，一面问道：

"密司章，今天的报纸还没来么？"

"该来了。 现在是两点十五分。"静看着手腕上的表回答。

"这里的报太岂有此理。 每天要到午后才出版！"

"强连长，军医官说你不宜多劳神。"静踌躇了些时，终于委婉地说，"我见你坐起来看报也很费力呢！"

少年把牛奶喝完，答道："我着急地要知道前方的情形。

昨天报上没有捷电，我生怕是前方不利。"

"该不至于"，静低声回答，背过了脸儿；她见这负伤的
少年还这样关心军事，不禁心酸了。

离开了病房，静女士就去找报纸；她先翻开一看，不禁
一怔，原来这天的报正登着鄂西吃紧的消息。 她立刻想到这
个恶消息万不能让她的病人知道，这一定要加重他的焦灼；
但是不给报看，又要引起他的怀疑，同样是有碍于病体。 她
想不出两全的法子，捏着那份报，痴立在走廊里。 忽然一个
人拍着她的肩头道：

"静妹，什么事发闷？"

静急回头看时，是慧女士站在她背后，她是每日来一次
的。

"就是那强连长要看报，可是今天的报他看不得。"静回
答，指出那条新闻给慧女士瞧。

慧拿起来看了几行，笑着说道：

"有一个好法子。 你拣好的消息读给他听！"

又谈了几句，慧也就走了。 静女士回到强连长的病房
里，借口军医说看报太劳神，特来读给他听。 少年不疑，很
满意地听她读完了报上的好消息。 从此以后，读报成了静女
士的一项新职务。

强连长的伤，跟着报上的消息，一天一天好起来。 静女
士可以无须再读报了。 但因她担任看护的伤员也一天一天减
少，她很有时间闲谈，于是本来读报的时间，就换为议论军

情。 一天，这少年讲他受伤的经过。 他是在临颍一仗受伤；两小时内，一团人战死了一半多，是一场恶斗。 这少年神采飞扬地讲道：

"敌军在临颍布置了很好的炮兵阵地；他们分三路向我军反攻，和我们——七十团接触的兵力，在一旅左右。 司令部本指定七十团担任左翼警戒，没提防敌人的反攻来的这么快。 那天黄昏，我们和敌人接触，敌人一开头就是炮，迫击炮弹就像雨一般打来……"

"你的伤就是迫击炮打的罢？"静惴惴地问。

"不是。 我是野炮弹碎片伤的。 我们团长是中的迫击炮弹。 咳，团长可惜！"他停了一停，又接下去，"那时，七十团也分三路迎战。 敌人在密集的炮弹掩护下，向我军冲锋！ 敌人每隔二三分钟，放一排迫击炮，野炮是差不多五分钟一响。 我便是那时候受了伤。"

他歇了一歇，微笑地抚他胸前的伤疤。

"你也冲锋么？"静低声问。

"我们那时是守，死守着吃炮弹，后来——我已经被他们抬回后方去了，团长裹了伤，亲带一营人冲锋，这才把进逼的敌人挫退了十多里，我们的增援队伍也赶上来，这就击破了敌人的阵线。"

"敌人败走了？"

"敌人守不住阵地，总退却！ 但是我们一团人差不多完了！ 团长胸口中了迫击炮，抬回时已经死了！"

　　静凝眸瞧着这少年，见他的细长眼睛里闪出愉快的光。她忽然问道：

　　"上阵时心里是怎样一种味儿？"

　　少年笑起来，他用手掠他的秀发，回答道：

　　"我形容不来。勉强作个比喻，那时的紧张心理，有几分像财迷子带了锹锄去掘拿得稳的窨藏；那时跃跃鼓舞的心理，大概可比是才子赴考；那时的好奇而兼惊喜的心理，或者正像……新嫁娘的第一夜！"

　　静自觉脸上一阵烘热。少年的第三种比喻，感触了她的尚有余痛的经验了，但她立即转换方向，又问道：

　　"受了伤后，你有什么感想呢？"

　　"没有感想。那时心里非常安定。应尽的一份责任已经做完了，自己也处于无能为力的境地了；不安心，待怎样？只是还不免有几分焦虑；正像一个人到了暮年时候，把半生辛苦创立的基业交给儿孙，自己固然休养不管事，却不免放心不下，惟恐后人把事情弄坏了。"

　　少年轻轻地抚摸自己胸前的伤疤，大似一个艺术家鉴赏自己的得意旧作。

　　"你大概不再去打仗了？"静低声问；她以为这一问很含着关切怜爱的意味。

　　少年似乎也感觉着这个，他沉吟半晌，才柔声答道："我还是要去打仗。战场对于我的引诱力，比什么都强烈。战场能把人生的经验缩短。希望，鼓舞，愤怒，破坏，牺牲——一切经验，你须得活半世去尝到的，在战场上，几小时内就全有了。 战场的生活是最活泼最变化的，战场的生活并且也是最艺术的；尖锐而曳长的啸声是步枪弹在空中飞舞；哭哭哭，像鬼叫的，是水机关；——随你怎样勇敢的人听了水机关的声音没有不失色的，那东西实在难听！ 大炮的吼声像音乐队的大鼓，替你按拍子。 死的气息，比美酒还醉人。 呵！ 刺激，强烈的刺激！ 和战场生活比较，后方的生活简直是麻木的，死的！"

"据这么说，战场竟是俱乐部了。 强连长，你是为了享乐自己才上战场去的罢？"静禁不住发出最娇媚的笑声来。 "是的。 我在学校时，几个朋友都研究文学，我喜欢艺术。那时我崇拜艺术上的未来主义；我追求强烈的刺激，赞美炸弹，大炮，革命——一切剧烈的破坏的力的表现。 我因为厌倦了周围的平凡，才做了革命党，才进了军队。 依未来主义而言，战场是最合于未来主义的地方：强烈的刺激，破坏，变化，疯狂似的杀，威力的崇拜，一应俱全！"少年突然一顿，旋即放低了声音接着说："密司章，别人冠冕堂皇说是为什么为什么而战，我老老实实对你说，我喜欢打仗，不为别的，单为了自己要求强烈的刺激！ 打胜打败，于我倒不相干！"

静女士凝视着这少年军官，半晌没有话。

这一席新奇的议论，引起了静的别一感想。 她暗中忖量：这少年大概也是伤心人，对于一切都感不满，都觉得失

望，而又不甘寂寞，所以到战场上要求强烈的刺激以自快
罢。 他的未来主义，何尝不是消极悲观到极点后的反动。
如果觉得世间尚有一事足惹留恋，他该不会这般古怪冷酷
罢。 静又想起慧女士来；慧的思想也是变态，但入于个人主
义颓废享乐的一途，和这少年军官又自不同。

"密司章，你想什么？"

少年惊破了静的沉思。 他的善知人意的秀眼看住了静的
面孔，似乎在说：我已经懂得你的心。

"我想你的话很有意思，"她回答，忽然有几分羞怯，
"无论什么好听的口号，反正不过是那么一回事。"凭空发了
两句牢骚，同时她站起身来道："强连长，你该歇歇了。"

少年点着头，他目送静走出去，见她到门边，忽又站
住，回过头来，看住了他，轻轻地问道：

"强连长，确没有别的事比打仗更能刺激你的心么？"

少年辨出那话音微带着颤，他心里一动。

"在今天以前，确没有。"这是回答。

那天晚上，慧女士到医院里去看望静女士，见静神情恍
惚，若有心事。 慧问起原因，听完了静转述少年军官的一番
话，毫不介意地说道：

"世间尽有些怪人！ 但是为什么又惹起你来动心事？"

"因为想起他那样的人，却有如此悲痛的心理；他大概是
一个过来的伤心人！"静回答，不自禁地叹了口气。

"这军官是哪里人？ 家里还有什么人？"慧沉吟有顷，

忽然这么问。

"他是广东人。 父亲是新加坡的富商。 大概家庭里有问题，他的母亲和妹妹另住在汕头。"

慧低着头寻思，突然她笑起来，抱住了静女士的腰，说道：

"小妹妹，你和那军官可以成一对情人；那时，他也毋须再到战场上听音乐，你也不用再每日价悲天悯人地不高兴！"

静的脸红了。 她瞅了慧女士一眼，没有说话。

十三

慧的预言，渐渐转变成为事实；果然世间还有一件事可以替代强连长对于战场的热心，那就是一个女子的深情。

这一个结合，在静女士方面是主动的，自觉的；在那个未来主义者方面或者可说是被摄引，被感化，但也许仍是未来主义的又一方面的活动。 天晓得究竟是怎么一回事！ 然而两心相合的第一星期，确可说是自然主义的爱，而不是未来主义。

第二期北伐自攻克郑、汴后，暂告一段落，因此我们这位新跌入恋爱里的强连长，虽然尚未脱离军籍，却也有机会度他的蜜月。 在他出医院的翌日，就是他和静女士共同宣告"恋爱结合"那一天，他们已经决定游庐山去；静女士并且发了个电报到九江给王女士，报告他们的行踪。

从汉口到九江，只是一夜的行程。 清晨五点钟模样，静女士到甲板上看时，只见半空中迎面扑来四五个淡青色的山峰，峰下是一簇市街，再下就是滚滚的大江。 那一簇市街夹在青山黄水之间，远看去宛如飘浮在空间的蜃楼海市。 这便是九江到了。

住定了旅馆后，静的第一件事是找王女士。 强是到过九江的，自然陪着走这一趟。 他们在狭小的热得如蒸笼里的街道上，挤了半天，才找得王女士的寓处，但是王女士已经搬走了。 后来又找到东方明所属的军部里，强遇见了一个熟人，才知道三天前东方明调赴南昌，王女士也一同去了。

第二天，静和强就上庐山去。 他们住在牯岭的一个上等旅馆里。

在旅舍的月台上可以望见九江。 牯岭到九江市，不过三小时的路程；牯岭到九江，有电报，有长途电话。 然而住在牯岭的人们总觉得此身已在世外。 牯岭是太高了，各方面的消息都达不到；即使有人从九江带来些新闻，但也如轻烟一般，不能给游客们什么印象。 在这里，几个喜欢动的人是忙着游山，几个不喜欢动的人便睡觉。 静女士和强连长取了前者。 但他们也不走远，游了一天，还是回到牯岭旅馆里过夜。

静女士现在是第一次尝得了好梦似的甜蜜生活。 过去的一年，虽然时间是那么短促，事变却是那么多而急，静的脆弱的灵魂，已觉不胜负担，她像用敝了的弹簧，弛松地摊着，再也紧张不起来。 她早已迫切地需要幽静恬美的生活，现在，梦想的生活，终于到了。 她要审慎地尽量地享受这久盼的快乐。 她决不能再让它草草地过去，徒留事后的惆怅。

她有许多计划，有许多理想，都和强说过，他们只待一一实施了。

到牯岭的第二天，静和强一早起来，就跑出了旅馆。 那天一点云气都没有，微风；虽在山中，也还很热。 静穿一件水红色的袒颈西式纱衫，里面只衬一件连裤的汗背心，长统青丝袜，白帆布运动鞋。 本来是不瘦不肥的身材，加上这套装束，更显得窈窕，活泼。 强依旧穿着军衣，只取消了皮带和皮绑腿。

他们只拣有花木有泉石的地方，信步走去。 在他们面前，是一条很阔，略带倾斜的石子路——所谓"洋街"，一旁是花木掩映的别墅，一旁是流水琤琮的一道清涧。 这道涧，显然是人工的；极大的鹅卵石铺成了涧床，足有两丈宽，三尺深；床中时有怪石耸起，青玉似的泉水逆击在这上面，碎成了万粒珠玑，霍霍地响。 静女士他们沿了涧一直走，太阳在他们左边；约摸有四五里路，突然前面闪出一座峭拔的山壁，拦住了去路。 那涧水沿着峭壁脚下曲折过去，汩汩地翻出尺许高，半丈远的银涛来。 峭壁并不高，顶上有一丛小树和一角红屋，那壁面一例是青铜色的水成岩，斧削似的整齐，几条女萝挂在上面，还有些开小黄花的野草杂生着；壁缝中伸出一棵小松树，横跨在水面。

"你瞧，惟力，松树下有一块大石头，刚好在泉水的飞沫上面，我们去坐一下罢。"

静挽着强的臂膊说，一面向四下里瞧，想找个落脚的东西走过去。

"坐一下倒好。 躺着睡一会更好。 万一涧水暴发，把我们冲下山去，那是最好了！"

强笑着回答，他已觑定水中一块露顶的鹅卵石，跨了上去，又挽着静的手，便到了指定的大石头上。 强把维也拉的军衣脱下来，铺在石上，两人便坐下了。 水花在他们脚下翻腾，咕咕地作响。 急流又发出嘶嘶的繁音。 静女士偎在强的怀里，仰视天空；四五里的下山路也使她疲乏了，汗珠从额上渗出来，胸部微微起伏。 强低了头，把嘴埋在静的乳壕里，半晌不起来。 静抚弄他的秀发，很温柔地问道：

"惟力，你告诉我，有没有和别的女子恋爱过？"

强摇了摇头。

"那天你给我看的女子照相，大概就是你从前的爱人罢？"

强抬起头来，一对小眼珠，盯住了静的眼睛看，差不多有半分钟；静觉得那小眼珠发出的闪闪的光，似喜又似嗔，很捉摸不定。 忽然强的右臂收紧，贴胸紧紧地抱住静，左手托起她的头，在她唇上亲了一下，笑着回答道：

"我就不明白，竟做了你的俘虏了！ 从前很有几个女子表示爱我，但是我不肯爱。"

"照片中人就是其中的一个么？ 我看她很美丽呢。"静又问，哧哧地笑。

"是其中的一个，她是同乡。 她曾使我觉得可爱，那时我还没进军队。 但也不过可爱而已，她抓不住我的心。"

"可是你到底收藏着她的照相直到现在！"静一边说，一边笑着用手指抹强的脸，羞他。

"还藏着她的照片，因为她已经死了。"强说，看见静又要掺言，便握住了她的嘴，继续说道："不相干，是暴病死的。 我进军队后，也有女子爱我。 我知道她们大概是爱我的斜皮带和皮绑腿，况且我那时有唯一的恋人——战场。静！ 我是第一次被女子俘获，被你俘获！"

"依未来主义说，被俘获，该也是一种刺激罢？"静又问，从心的深处发出愉快的笑声来。

强的回答是一个长时间的接吻。

热情的冲动，在静的身上扩展开来；最初只是心头的微跳，渐渐呼吸急促，全身也有点抖颤了。 她紧紧地抱住了强，脸贴着脸，她自觉脸上烘热得厉害。 她完全忘记有周围一切的存在，有世间的存在，只知有他的存在。 她觉得身体飘飘地望上浮，渴念强压住她。

"砉！"一股壮大的急流，打在这一对人儿坐着的大石根上，喷出伞样大的半圈水珠。 静的纱衫的下幅，被水打湿了。

"山洪来了，可不是玩的！"强惊觉似的高喊了一声，他的壮健的臂膊把静横抱了，两步就跳到了岸上。

"着！"那大石头边激起更高的水花来；如果他们还坐着，准是全身湿透了。 强第二次下去捞取了他的浸湿的军衣。

"我们衣服都湿了。"他提着湿衣微笑说。

静低头看身上，纱衫的下幅还在滴下细小的水珠。

太阳在不知什么时候早已躲避得毫无踪迹，白茫茫的云气，正跨过了西首的山峰，包围过来。 风景是极好，但山中遇雨却也可怕。 静倚着强的肩膀，懒懒地立着。

"我们回去罢。"强抚摩静的头发，游移不决地说。

"我软软的，走不动了。"静低声回答，眼波掠过强的面孔，逗出一个迷人的微笑。

云气已经遮没了对面的峭壁，裹住了他们俩；钻进他们的头发，侵入他们的衬衣里。 静觉得凉意沦浃肌髓，异常的舒适。

"找个地方避过这阵雨再回去，你的身体怕受不住冷雨。"

静同意地颔首。

强的在野外有经验的锐眼，立刻看见十多步外有一块突出的岩石足可掩护两个人。 他们走到岩石下时，黄豆大的雨点已经杂乱地打下来。 几股挟着黄土的临时泉水从山上冲下来，声势很可怕。 除了雨声水声，一切声息都没有了。

在岩石的掩护下，强坐在地上，静偎在他的怀里；她已经脱去了半湿的纱衫，开始有点受不住寒气的侵袭，她紧贴在强的胸前，一动也不动。

两人都没有话，雨声盖过了一切声响，静低声地反复唤着：

"惟力！ 呀，惟力!"

十四

一星期的时间，过的很快。 这是狂欢的一个星期。

每天上午九点后，静和强带了水果干粮，出去游山；他们并不游规定的名胜，只是信步走去。 在月夜，他们到那条"洋街"上散步，坐在空着的别墅的花园里，直到凉露沾湿衣服，方才回来。 爱的戏谑，爱的抚弄，充满了他们的游程。 他们将名胜的名字称呼静身上的各部分；静的乳部上端隆起处被呼为"舍身崖"，因为强常常将头面埋在那里，不肯起来。 新奇的戏谑，成为他们每日唯一的事情。 静寄给王女士的一封信中有这么几句话：

> 目前的生活是我有生以来第一次，也是有生以来第一次愉快的生活。诗姊，你不必问我每日做些什么。爱的戏谑，你可以想得到的。我们在此没遇见过熟人，也不知道山下的事；我们也不欲知道。这里是一个恋爱的环境，

寻欢的环境。我以为这一点享乐,对于我也有益处。我希望从此改变了我的性格,不再消极,不再多愁。此地至多再住一个月,就不适宜了,那时我们打算一同到我家里去。惟力也愿意。希望你能够来和我们同游几天的山。

那时,静对于将来很有把握。 她预想回家以后的生活,什么都想到了,都很有把握。

但是,美满的预想,总不能圆满地实现。 第二星期的第四天,静和强正预备照例出外游玩,旅馆的茶房引进来一个军装的少年。 他和强亲热地握过了手,便匆匆拉了强出去,竟没有和静招呼。 大约有半小时之久,强方才回来,神色有些异样。

"有什么事罢?"静很忧虑地问。

"不过是些军队上的事,不相干的。 我们出去游山罢。"

强虽然很镇定,但是静已经看出他心里有事。 他们照旧出去,依着静的喜欢,走那条"洋街"。 一路上,两人例外地少说话。 强似乎确有什么事箍在心头,静则在猜度他的心事。

他们走到了"内地公会"的园子里,静说要休息了,拉强坐在草地上。 她很娇柔地靠在他身上,逗着他说笑。 因为洋人都没上山来,这"内地公会"的大房子全体空着,园子里除了他们俩,只有树叶的沙沙的絮语。 静决定要弄明白强有了什么心事，她的谈话渐渐转到那目标上。

"惟力，今天来的那个人是你的好朋友罢？"静微笑地问，捏住了强的手。

强点着头回答："他是同营的一个连长。"

"也是连长。"静笑着又说，"惟力，他和你讲些什么事，可以给我知道么？"

这少年有些窘了。 静很盼切地看着他，等待他的回答。他拿起静的手来贴在自己的心口，静感觉他的心在跳。"静，这件事总是要告诉你的。"他毅然说，"日内南昌方面就要有变动。 早上来的人找我去打仗。"

"你去么？ 惟力！"静迫切地问。

"我还没脱离军籍，静，你想我能够不答应么？"他在静的颊上亲了一个告罪的吻。

"惟力，你不如赶快告了病假。"

"他已经看见我好好的没有病。"

"究竟是和哪些人打仗？"

"他们要回南去，打我的家乡。"

静已经看出来，她的爱人已经答应着再去带兵，她觉得什么都完了。 她的空中楼阁的计划，全部推翻了。 她忍不住滴下眼泪来。

"静，不要伤心。 打仗不一定便死。"强拥抱静在怀里，安慰她，"我现在最焦灼的，就是没有安顿你的好法子。""我跟你走！"静忽然勇敢地说，"你再受伤，我仍旧看护你。 要死，也死在一处。"眼泪还是继续地落下来。"这次行军一定很辛苦，"强摇着头说，"况且多是山路，你的身体先就吃不住。"

静叹了口气，她绝望了。 她倒在强的怀里很伤心地哭。

回到旅馆时，静的面色十分难看，她的活泼，她的笑容，全没有了。 她惘惘然被强挽着到了房里，就扑在床上。一切安慰，一切解释，都没有效。

环境的逆转，又引起了静对于一切的怀疑。 一切好听的话，好看的名词，甚至看来是好的事，全都靠得住么？ 静早都亲身经验过了，结果只是失望。 强的爱，她本来是不疑的；但现在他忘记了她了。 这个未来主义者以强烈的刺激为生命，他的恋爱，大概也是满足自己的刺激罢了。 所以当这一种刺激已经太多而渐觉麻木的时候，他又转而追求别的刺激。

在愁闷的苦思中，这晚上，静辗转翻身，整夜不曾合眼。 然而在她身旁的强却安然熟睡。 他将极度的悲痛注入了静的灵魂，他自己却没事人儿似的睡着了。 男子就是这样的一种怪物呵！ 静转为愤恨了；她恨强，恨一切男子。 她又回复到去夏初入医院时的她了。 她决定不再阻止强去打仗，自己呢，也不再在外找什么"光明的生活"了。 达观知命的思想，暂时引渡静离开了苦闷的荆棘。 天快亮时，她也沉沉入睡了。

但是第二天强竟不走。 静不欲出去游玩，他就陪着在房里，依旧很亲热，很爱她，也不提起打仗。 静自然不再提及这件事了。 他们俩照常地过了一天。 静是半消极地受强的抚爱。 她太爱他了，她并且心里感谢他到底给了她终生不忘的快乐时光；现在他们中间虽然似乎已经完了，但静还宝贵这煞尾的快乐，她不忍完全抓破了自己的美幻，也不忍使强的灵魂上留一些悲伤。

第三天强还是不说走。 打仗的事，似乎他已经完全忘了。

"惟力，你几时走呢？"

静忍不住，先提出这可怕的问题。

"我不走了。"强婉笑地回答，"从前，我的身子是我自己的；我要如何便如何。 现在，我这身子和你共有了，你的一半不答应，我只好不走。"

这几句话钻入静的耳朵，直攻到心，异常地悲酸。 她直觉到前夜悲痛之中错怪了她的心爱的人儿了。 强还是她的最忠实的爱人，最爱惜她的人！ 她感动到又滴下眼泪来。 她拥抱了强，说不出话。

静的温婉的女子的心，转又怜悯她的爱人了；她知道一个人牺牲了自己的主张是如何痛苦的——虽然是为所爱者牺牲。 在先静以为强又要从军便是对于自己的恋爱已经冷却，所以痛苦之中又兼愤懑；现在她明白了强的心理，认定了强的坚固的爱情，她不但自慰，且又自傲了。 她天性中的利他主义的精神又活动起来。

"惟力，你还是去罢。"静摸着强的面颊，安详地而又坚决地说："我已经彻底想过，你是应该去的。 天幸不死，我们还年青，还可以过快乐的生活，还可以实行后半世的计划！ 不幸打死，那是光荣的死，我也愉快，我终生不忘你我在这短促的时间内所有的宝贵的快乐！"

"我不过带一连兵，去不去无足重轻。"强摇着头回答，"我看得很明白：我去打仗的，未必准死；静，你不去打仗的，一定要闷死。 你是个神经质的人，寂寞烦闷的时候，会自杀的。 我万不能放你一个人在这里！"

"平淡的生活，恐怕也要闷死你。 惟力，你是未来主义者。"

"我已经抛弃未来主义了。 静，你不是告诉我的么？ 未来主义只崇拜强力，却不问强力之是否用得正当。 我受了你的感化了。"他在静的脸上亲了一个敬爱的吻，"至于打仗，生在这个时代，还怕没机会么？ 我一定不去。 也许别人笑我有了爱人就怕死，那也不管了。"

"不能，惟力，我不能让你被别人耻笑！"

强摇着头微笑，没有回答。

现在是静的理性和强的感情在暗中挣扎。

门上来了轻轻的叩声，两人都没觉到。 门开了一条缝，现出一个女子的笑面来。 静先看见了，她喊了一声，撇开强，跑到门边。 女子也笑着进来了。

"诗陶！ 你怎么来的？"静抱了王女士，快乐到声音发颤。

和强介绍过以后，王女士的活泼的声音就讲她最近的事，简单地收束道："所以东方明也随军出发了。我想回上海去，顺路来看望你们。"

"惟力，现在你当真可以放心走了。"静很高兴地说，"王姊姊伴着我，比你自己还妥当些。"她发出真心的愉快的笑。

三个人交换了意见之后，事情就这样决定下来：强仍旧实践他的从军的宿诺，静回家，王女士住到静的家里去。

因为时机迫促，强立刻就须下山去。他挽着静的手说道：

"静，此去最多三个月，不是打死，就是到你家里！"

一对大泪珠从他的细长眼睛里滚下来，落在静的手上。

"惟力，你一定不死的。"静女士很勇敢地说，她拿起强的手来放在自己胸口，"我准备着三个月后寻快乐的法儿罢。"

她极妩媚地笑了一笑，拥抱了强。

对王女士行了个军礼，强终于走了。到房门边，他忽又回身说道：

"王女士，我把静托付给你了！"

"强连长，我也把东方明托付给你了！"王女士笑着回答。

静看着强走得不见了，回身望床上一倒，悲梗的声音说道：

"诗姊！ 我们分离后，我简直是做了一场大梦！ 一场太快乐的梦！ 现在梦醒，依然是你和我。 只不知道慧近来怎样了！"

"像慧那样的人，决不会吃亏的。"

这是王女士的回答。

1927 年

（原载 1927 年 9 月《小说月刊》第 18 卷第 9 号）

一

老通宝坐在"塘路"边的一块石头上，长旱烟管斜摆在他身边。 清明节后的太阳已经很有力量，老通宝背脊上热烘烘地，像背着一盆火。"塘路"上拉纤的快班船上的绍兴人只穿了一件蓝布单衫，敞开了大襟，弯着身子拉，额角上黄豆大的汗粒落到地下。

看着人家那样辛苦的劳动，老通宝觉得身上更加热了；热的有点儿发痒。 他还穿着那件过冬的破棉袄，他的夹袄还在当铺里，却不防才得清明边，天就那么热。

"真是天也变了！"

老通宝心里说，就吐一口浓厚的唾沫。 在他面前那条"官河"内，水是绿油油的，来往的船也不多，镜子一样的水面这里那里起了几道皱纹或是小小的涡旋，那时候，倒影在水里的泥岸和岸边成排的桑树，都晃乱成灰暗的一片。 可是不会很长久的。 渐渐儿那些树影又在水面上显现，一弯一曲地蠕动，像是醉汉，再过一会儿，终于站定了，依然是很清晰的倒影。 那拳头模样的丫枝顶都已经簇生着小手指儿那么大的嫩绿叶。 这密密层层的桑树，沿着那"官河"一直望去，好像没有尽头。 田里现在还只有干裂的泥块，这一带，现在是桑树的势力！ 在老通宝背后，也是大片的桑林，矮矮的，静穆的，在热烘烘的太阳光下，似乎那"桑拳"上的嫩绿叶过一秒钟就会大一些。

离老通宝坐处不远，一所灰白色的楼房蹲在"塘路"边，那是茧厂。 十多天前驻扎过军队，现在那边田里留着几条短短的战壕。 那时都说东洋兵要打进来，镇上有钱人都逃光了；现在兵队又开走了，那座茧厂依旧空关在那里，等候春茧上市的时候再热闹一番。 老通宝也听得镇上小陈老爷的儿子——陈大少爷说过，今年上海不太平，丝厂都关门，恐怕这里的茧厂也不能开；但老通宝是不肯相信的。 他活了六十岁，反乱年头也经过好几个，从没见过绿油油的桑叶白养在树上等到成了"枯叶"去喂羊吃；除非是"蚕花"不熟，但那是老天爷的"权柄"，谁又能够未卜先知？

"才得清明边，天就那么热！"

老通宝看着那些桑拳上怒茁的小绿叶儿，心里又这么想，同时有几分惊异，有几分快活。 他记得自己还是二十多岁少壮的时候，有一年也是清明边就得穿夹，后来就是"蚕花二十四分"①，自己也就在这一年成了家。 那时，他家正

————————

① 这里是表示蚕茧产量高的一种说法。旧时，养蚕的人家常用蚕花某某分的说法表示蚕桑产量的丰歉。

在"发";他的父亲像一头老牛似的，什么都懂得，什么都做得；便是他那创家立业的祖父，虽说在长毛窝里吃过苦头，却也愈老愈硬朗。 那时候，老陈老爷去世不久，小陈老爷还没抽上鸦片烟，"陈老爷家"也不是现在那么不像样的。老通宝相信自己一家和"陈老爷家"虽则一边是高门大户，而一边不过是种田人，然而两家的运命好像是一条线儿牵着。 不但"长毛造反"那时候，老通宝的祖父和陈老爷同被长毛掳去，同在长毛窝里混上了六七年，不但他俩同时从长毛营盘里逃了出来，而且偷得了长毛的许多金元宝——人家到现在还是这么说；并且老陈老爷做丝生意"发"起来的时候，老通宝家养蚕也是年年都好，十年中间挣得了二十亩的稻田和十多亩的桑地，还有三开间两进的一座平屋。 这时候，老通宝家在东村庄上被人人所妒羡，也正像"陈老爷家"在镇上是数一数二的大户人家。 可是以后，两家都不行了；老通宝现在已经没有自己的田地，反欠出三百多块钱的债，"陈老爷家"也早已完结。 人家都说"长毛鬼"在阴间告了一状，阎罗王追还"陈老爷家"的金元宝横财，所以败的这么快。 这个，老通宝也有几分相信，不是鬼使神差，好端端的小陈老爷怎么会抽上了鸦片烟？

可是老通宝死也想不明白为什么"陈老爷家"的"败"会牵动到他家。 他确实知道自己家并没得过长毛的横财。虽则听死了的老头子说，好像那老祖父逃出长毛营盘的时候，不巧撞着了一个巡路的小长毛，当时没法，只好杀了他——这是一个"结"！ 然而从老通宝懂事以来，他们家替这小长毛鬼拜忏念佛烧纸锭，记不清有多少次了。 这个小冤魂，理应早投凡胎。 老通宝虽然不很记得祖父是怎样"做人"，但父亲的勤俭忠厚，他是亲眼看见的；他自己也是规矩人，他的儿子阿四，儿媳四大娘，都是勤俭的。 就是小儿子阿多年纪青，有几分"不知苦辣"，可是毛头小伙子，大都这么着，算不得"败家相"！

老通宝抬起他那焦黄的皱脸，苦恼地望着他面前的那条河，河里的船，以及两岸的桑地。 一切都和他二十多岁时差不了多少，然而"世界"到底变了。 他自己家也要常常把杂粮当饭吃一天，而且又欠出了三百多块钱的债。

呜！ 呜，呜，呜——

汽笛叫声突然从那边远远的河身的弯曲地方传了来。 就在那边，蹲着又一个茧厂，远望去隐约可见那整齐的石"帮岸"。 一条柴油引擎的小轮船很威严地从那茧厂后驶出来，拖着三条大船，迎面向老通宝来了。 满河平静的水立刻激起泼剌剌的波浪，一齐向两旁的泥岸卷过来。 一条乡下"赤膊船"赶快拢岸，船上人揪住了泥岸上的树根，船和人都好像在那里打秋千。 轧轧轧的轮机声和洋油臭，飞散在这和平的绿的田野。 老通宝满脸恨意，看着这小轮船来，看着它过去，直到又转一个弯，呜呜呜地又叫了几声，就看不见。 老通宝向来仇恨小轮船这一类洋鬼子的东西！ 他从没见过洋鬼子，可是他从他的父亲嘴里知道老陈老爷见过洋鬼子：红眉毛，绿眼睛，走路时两条腿是直的。 并且老陈老爷也是很恨洋鬼子，常常说"铜钿都被洋鬼子骗去了"。 老通宝看见老陈老爷的时候，不过八九岁——现在他所记得的关于老陈老爷的一切都是听来的，可是他想起了"铜钿都被洋鬼子骗去了"这句话，就仿佛看见了老陈老爷捋着胡子摇头的神气。

洋鬼子怎样就骗了钱去，老通宝不很明白。 但他很相信老陈老爷的话一定不错。 并且他自己也明明看到自从镇上有了洋纱，洋布，洋油，——这一类洋货，而且河里更有了小火轮船以后，他自己田里生出来的东西就一天一天不值钱，而镇上的东西却一天一天贵起来。 他父亲留下来的一份家产就这么变小，变做没有，而且现在负了债。 老通宝恨洋鬼子不是没有理由的！ 他这坚定的主张，在村坊上很有名。 五年前，有人告诉他：朝代又改了，新朝代是要"打倒"洋鬼子的。 老通宝不相信。 为的他上镇去看见那新到的喊着"打倒洋鬼子"的年青人们都穿了洋鬼子衣服。 他想来这伙年青人一定私通洋鬼子，却故意来骗乡下人。 后来果然就不喊"打倒洋鬼子"了，而且镇上的东西更加一天一天贵起来，派到乡下人身上的捐税也更加多起来。 老通宝深信这都是串通了洋鬼子干的。

然而更使老通宝去年几乎气成病的，是茧子也是洋种的卖得好价钱；洋种的茧子，一担要贵上十多块钱。 素来和儿媳总还和睦的老通宝，在这件事上可就吵了架。 儿媳四大娘去年就要养洋种的蚕。 小儿子跟他嫂嫂是一路，那阿四虽然嘴里不多说，心里也是要洋种的。 老通宝拗不过他们，末了只好让步。 现在他家里有的五张蚕种，就是土种四张，洋种一张。

"世界真是越变越坏！ 过几年他们连桑叶都要洋种了！我活得厌了！"

老通宝看着那些桑树，心里说，拿起身边的长旱烟管恨恨地敲着脚边的泥块。 太阳现在正当他头顶，他的影子落在泥地上，短短地像一段乌焦木头，还穿着破棉袄的他，觉得浑身躁热起来了。 他解开了大襟上的钮扣，又抓着衣角扇了几下，站起来回家去。

那一片桑树背后就是稻田。 现在大部分是匀整的半翻着的燥裂的泥块。 偶尔也有种了杂粮的，那黄金一般的菜花散出强烈的香味。 那边远远地一簇房屋，就是老通宝他们住了三代的村坊，现在那些屋上都袅起了白的炊烟。

老通宝从桑林里走出来，到田塍上，转身又望那一片爆着嫩绿的桑树。 忽然那边田野跳跃着来了一个十来岁的男孩子，远远地就喊道：

"阿爹！ 妈等你吃中饭呢！"

"哦——"

老通宝知道是孙子小宝，随口应着，还是望着那一片桑林。 才只得清明边，桑叶尖儿就抽得那么小指头儿似的，他一生就只见过两次。 今年的蚕花，光景是好年成。 三张蚕种，该可以采多少茧子呢？ 只要不像去年，他家的债也许可以拔还一些罢。

小宝已经跑到他阿爹的身边了，也仰着脸看那绿绒似的桑拳头；忽然他跳起来拍着手唱道：

"清明削口，看蚕娘娘拍手！"①

老通宝的皱脸上露出笑容来了。他觉得这是一个好兆头。他把手放在小宝的"和尚头"上摩着，他的被穷苦弄麻木了的老心里勃然又生出新的希望来了。

二

天气继续暖和，太阳光催开了那些桑拳头上的小手指儿模样的嫩叶，现在都有小小的手掌那么大了。老通宝他们那村庄四周围的桑林似乎发长得更好，远望去像一片绿锦平铺在密密层层灰白色矮矮的篱笆上。"希望"在老通宝和一般农民们的心里一点一点一天一天强大。蚕事的动员令也在各方面发动了。藏在柴房里一年之久的养蚕用具都拿出来洗刷修补。那条穿村而过的小溪旁边，蠕动着村里的女人和孩子，工作着，嚷着，笑着。

这些女人和孩子们都不是十分健康的脸色——从今年开

---

① 这是老通宝所在那一带乡村里关于"蚕事"的一种歌谣式的成语。所谓"削口"，指桑叶抽发如指；"清明削口"谓清明边桑叶已抽放如许大也。"看"是方言，意同"饲"或"育"。全句谓清明边桑叶开绽则熟年可卜，故蚕妇拍手而喜。——作者原注

春起，他们都只吃个半饱；他们身上穿的，也只是些破旧的衣服。 实在他们的情形比叫花子好不了多少。 然而他们的精神都很不差。 他们有很大的忍耐力，又有很大的幻想。虽然他们都负了天天在增大的债，可是他们那简单的头脑老是这么想：只要蚕花熟，就好了！ 他们想像到一个月以后那些绿油油的桑叶就会变成雪白的茧子，于是又变成丁丁当当响的洋钱，他们虽然肚子里饿得咕咕地叫，却也忍不住要笑。

这些女人中间也就有老通宝的媳妇四大娘和那个十二岁的小宝。 这娘儿两个已经洗好了那些"团匾"和"蚕箪"①，坐在小溪边的石头上撩起布衫角揩脸上的汗水。

"四阿嫂！ 你们今年也看（养）洋种么？"

小溪对岸的一群女人中间有一个二十岁左右的姑娘隔溪喊过来了。 四大娘认得是隔溪的对门邻舍陆福庆的妹子六宝。 四大娘立刻把她的浓眉毛一挺，好像正想找人吵架似的嚷了起来：

"不要来问我！ 阿爹做主呢！ ——小宝的阿爹死不肯，只看了一张洋种！ 老糊涂的听得带一个洋字就好像见了七世冤家！ 洋钱，也是洋，他倒又要了！"

---

① 老通宝乡里称那圆桌面那样大，极像一个盘的竹器为"团匾"；又一种略小而底部编成六角形网状的，称为"箪"，方言读如"踏"；蚕初收蚁时，在"箪"中养育，呼为"蚕箪"，那是糊了纸的；这种纸通称"糊箪纸"。——作者原注

　　小溪旁那些女人们听得笑起来了。　这时候有一个壮健的小伙子正从对岸的陆家稻场上走过，跑到溪边，跨上了那横在溪面用四根木头并排做成的雏形的"桥"。　四大娘一眼看见，就丢开了"洋种"问题，高声喊道：

　　"多多弟！　来帮我搬东西罢！　这些匾，浸湿了，就像死狗一样重！"

　　小伙子阿多也不开口，走过来拿起五六只"团匾"，湿漉漉地顶在头上，却空着一双手，划桨似的荡着，就走了。这个阿多高兴起来时，什么事都肯做，碰到同村的女人们叫他帮忙拿什么重家伙，或是下溪去捞什么，他都肯；可是今天他大概有点不高兴，所以只顶了五六只"团匾"去，却空着一双手。　那些女人们看着他戴了那特别大箬帽似的一叠"匾"，袅着腰，学镇上女人的样子走着，又都笑起来了。老通宝家紧邻的李根生的老婆荷花一边笑，一边叫道：

　　"喂，多多头！　回来！　也替我带一点儿去！"

　　"叫我一声好听的，我就给你拿。"

　　阿多也笑着回答，仍然走。　转眼间就到了他家的廊下，就把头上的"团匾"放在廊檐口。

　　"那么，叫你一声干儿子！"

　　荷花说着就大声的笑起来，她那出众地白净然而扁得作怪的脸上看去就好像只有一张大嘴和眯紧了好像两条线一般的细眼睛。　她原是镇上人家的婢女，嫁给那不声不响整天苦着脸的半老头子李根生还不满半年，可是她的爱和男子们胡调已经在村中很有名。

"不要脸的!"

忽然对岸那群女人中间有人轻声骂了一句。 荷花的那对细眼睛立刻睁大了,怒声嚷道:

"骂哪一个? 有本事,当面骂,不要躲!"

"你管得我? 棺材横头踢一脚,死人肚里自得知:我就骂那不要脸的骚货!"

隔溪立刻回骂过来了,这就是那六宝,又一位村里有名淘气的大姑娘。

于是对骂之下,两边又泼水。 爱闹的女人也夹在中间帮这边帮那边。 小孩子们笑着狂呼。 四大娘是老成的,提起她的"蚕筆",喊着小宝,自回家去。 阿多站在廊下看着笑。 他知道为什么六宝要跟荷花吵架;他看着那"辣货"六宝挨骂,倒觉得很高兴。

老通宝捐着一架"蚕台"①从屋子里出来,这三棱形家伙的木梗子有几条给白蚂蚁蛀过了,怕的不牢,须得修补一下。 看见阿多站在那里笑嘻嘻地望着外边的女人们吵架,老通宝的脸色就板起来了。 他这"多多头"的小儿子不老成,他知道。 尤其使他不高兴的,是多多也和紧邻的荷花说说笑笑。"那母狗是白虎星,惹上了她就得败家"——老通宝时常

① "蚕台"是三棱式可以折起来的木架子,像三张梯连在一处的家伙,中分七八格,每格可放一团圕。——作者原注

这样警戒他的小儿子。

"阿多！ 空手看野景么？ 阿四在后边扎'缀头'①，你去帮他！"

老通宝像一匹疯狗似的咆哮着，火红的眼睛一直盯住了阿多的身体，直到阿多走进屋里去，看不见了，老通宝方才提过那"蚕台"来反复审察，慢慢地动手修补。 木匠生活，老通宝早年是会的；但近来他老了，手指头没有劲，他修了一会儿，抬起头来喘气，又望望屋里挂在竹竿上的三张蚕种。

四大娘就在廊檐口糊"蚕篅"。 去年他们为的想省几百文钱，是买了旧报纸来糊的。 老通宝直到现在还说是因为用了报纸——不惜字纸，所以去年他们的蚕花不好。 今年是特地全家少吃一餐饭，省下钱来买了"糊篅纸"来了。 四大娘把那鹅黄色坚韧的纸儿糊得很平贴，然后又照品字式糊上三张小小的花纸——那是跟"糊篅纸"一块儿买来的，一张印的花色是"聚宝盆"，另两张都是手执尖角旗的人儿骑在马上，据说是"蚕花太子"。

"四大娘！ 你爸爸做中人借来三十块钱，就只买了二十担叶。 后天米又吃完了，怎么办？"

老通宝气喘喘地从他的工作里抬起头来，望着四大娘。

———————

① "缀头"也是方言，是用稻草扎的，蚕在上面作茧子。——作者原注

那三十块钱是二分半的月息。 总算有四大娘的父亲张财发做中人，那债主也就是张财发的东家"做好事"，这才只要了二分半的月息。 条件是蚕事完后本利归清。

四大娘把糊好了的"蚕箪"放在太阳底下晒，好像生气似的说：

"都买了叶！ 又像去年那样多下来——"

"什么话！ 你倒先来发利市了！ 年年像去年么？ 自家只有十来担叶；五张布子（蚕种），十来担叶够么？"

"噢，噢，你总是不错的！ 我只晓得有米烧饭，没米饿肚子！"

四大娘气哄哄地回答。 为了那"洋种"问题，她到现在常要和老通宝抬杠。

老通宝气得脸都紫了。 两个人就此再没有一句话。

但是"收蚕"的时期一天一天逼近了。 这二三十人家的小村落突然呈现了一种大紧张，大决心，大奋斗，同时又是大希望。 人们似乎连肚子饿都忘记了。 老通宝他们家东借一点，西赊一点，居然也一天一天过着来。 也不仅老通宝他们，村里哪一家有两三斗米放在家里呀！ 去年秋收固然还好，可是地主，债主，正税，杂捐，一层一层地剥削来，早就完了。 现在他们唯一的指望就是春蚕，一切临时借贷都是指明在这"春蚕收成"中偿还。

他们都怀着十分希望又十分恐惧的心情来准备这春蚕的大搏战！

"谷雨"节一天近一天了。 村里二三十人家的"布子"都隐隐现出绿色来。 女人们在稻场上碰见时，都匆匆地带着焦灼而快乐的口气互相告诉道：

"六宝家快要'窝种'①了呀！"

"荷花说她家明天就要'窝'了。 有这么快！"

"黄道士去测一字，今年的青叶要贵到四洋！"

四大娘看自家的五张"布子"。 不对！ 那黑芝麻似的一片细点子还是黑沉沉，不见绿影。 她的丈夫阿四拿到亮处去细看，也找不出几点"绿"来。 四大娘很着急。

"你就先'窝'起来罢！ 这余杭种，作兴是慢一点的。"

阿四看着他老婆，勉强自家宽慰。 四大娘堵起了嘴巴不回答。

老通宝哭丧着干皱的老脸，没说什么，心里却觉得不妙。

幸而再过了一天，四大娘再细心看那"布子"时，哈，有几处转成绿色了！ 而且绿的很有光彩。 四大娘立刻告诉了丈夫，告诉了老通宝，多多头，也告诉了她的儿子小宝。她就把那些布子贴肉揣在胸前，抱着吃奶的婴孩似的静静儿坐着，动也不敢多动了。 夜间，她抱着那五张"布子"到被

---

① "窝种"也是老通宝乡里的习惯。蚕种转成绿色后就得把来贴肉揣着，约三四天后，蚕蚁孵出，就可以"收蚕"。这工作是女人做的。"窝"是方言，意即"揣"也。——作者原注

窝里，把阿四赶去和多多头做一床。 那"布子"上密密麻麻
的蚕子儿贴着肉，怪痒痒的。 四大娘很快活，又有点儿害
怕，她第一次怀孕时胎儿在肚子里动，她也是那样半惊半喜
的！

全家都是惴惴不安地又很兴奋地等候"收蚕"。 只有多
多头例外。 他说：今年蚕花一定好，可是想发财却是命里不
曾来。 老通宝骂他多嘴，他还是要说。

蚕房早已收拾好了。"窝种"的第二天，老通宝拿一个大
蒜头涂上一些泥，放在蚕房的墙脚边。 也是年年的惯例，但
今番老通宝更加虔诚，手也抖了。 去年他们"卜"①的非常
灵验。 可是去年那"灵验"，现在老通宝想也不敢想。

现在这村里家家都在"窝种"了。 稻场上和小溪边顿时
少了那些女人们的踪迹。 一个"戒严令"也在无形中颁布
了：乡农们即使平日是最好的，也不往来；人客来冲了蚕神
不是玩的！ 他们至多在稻场上低声交谈一二句就走开。 这
是个"神圣"的季节。

老通宝家的五张"布子"上也有些"乌娘"②蠕蠕地动
了。 于是全家的空气，突然紧张。 那正是"谷雨"前一

---

①　用大蒜头来"卜"蚕花好否，是老通宝乡里的迷信。收蚕前两三
天，以大蒜涂泥置蚕房中，至收蚕那天拿来看，蒜叶多主蚕熟，少则不
熟。——作者原注

②　老通宝乡间称初生的蚕蚁为"乌娘"，这也是方言。——作者原
注

日。 四大娘料来可以挨过了"谷雨"节那一天①。 布子不须再"窝"了，很小心地放在"蚕房"里。 老通宝偷眼看一下那个躺在墙脚边的大蒜头，他心里就一跳。 那大蒜头上还只有一两茎绿芽！ 老通宝不敢再看，心里祷祝后天正午会有更多更多的绿芽。

终于"收蚕"的日子到了。 四大娘心神不定地淘米烧饭，时时看饭锅上的热气有没有直冲上来。 老通宝拿出预先买了来的香烛点起来，恭恭敬敬放在灶君神位前。 阿四和阿多去到田里采野花。 小宝帮着把灯芯草剪成细末子，又把采来的野花揉碎。 一切都准备齐全了时，太阳也近午刻了，饭锅上水蒸气嘟嘟地直冲，四大娘立刻跳了起来，把"蚕花"②和一对鹅毛插在发髻上，就到"蚕房"里。 老通宝拿着秤杆，阿四拿了那揉碎的野花片儿和灯芯草碎末。 四大娘揭开"布子"，就从阿四手里拿过那野花碎片和灯芯草末子撒在"布子"上，又接过老通宝手里的秤杆来，将"布子"挽在秤杆上，于是拔下发髻上的鹅毛在"布子"上轻轻儿拂；野花片，灯芯草末子，连同"乌娘"，都拂在那"蚕筐"里了。 一张，两张……都拂过了；最后一张是洋种，那就收在另一个"蚕箪"里。 末了，四大娘又拔下发髻上那朵"蚕花"，跟鹅毛一块插在"蚕箪"的边儿上。

这是一个隆重的仪式！ 千百年相传的仪式！ 那好比是誓师典礼，以后就要开始了一个月光景的和恶劣的天气和恶运以及和不知什么的连日连夜无休息的大决战！

"乌娘"在"蚕箪"里蠕动，样子非常强健；那黑色也是很正路的。 四大娘和老通宝他们都放心地松一口气了。 但当老通宝悄悄地把那个"命运"的大蒜头拿起来看时，他的脸色立刻变了！ 大蒜头上还只得三四茎嫩芽！ 天哪！ 难道又同去年一样？

三

然而那"命运"的大蒜头这次竟不灵验。 老通宝家的蚕非常好！ 虽然头眠二眠的时候连天阴雨，气候是比"清明"边似乎还要冷一点，可是那些"宝宝"都很强健。

村里别人家的"宝宝"也都不差。 紧张的快乐弥漫了全村庄，似那小溪里淙淙的流水也像是朗朗的笑声了。 只有荷花家是例外。 她家看了一张"布子"，可是"出火"①只称得二十斤；"大眠"快边人们还看见那不声不响晦气色的丈夫

---

① "出火"也是方言，是指"二眠"以后的"三眠"，因为"眠"时特别短，所以叫"出火"。——作者原注

根生倾弃了三"蚕箪"在那小溪里。

这一件事，使得全村的妇人对于荷花家特别"戒严"。她们特地避路，不从荷花的门前走，远远的看见了荷花或是她那不声不响丈夫的影儿就赶快躲开；这些幸运的人儿惟恐看了荷花他们一眼或是交谈半句话就传染了晦气来！

老通宝严禁他的小儿子多多头跟荷花说话。——"你再跟那东西多嘴，我就告你忤逆！"老通宝站在廊檐外高声大气喊，故意要叫荷花他们听得。

小宝也受到严厉的嘱咐，不许跑到荷花家的门前，不许和他们说话。

阿多像一个聋子似的不理睬老头子那早早夜夜的唠叨，他心里却在暗笑。全家就只有他不大相信那些鬼禁忌。可是他也没有跟荷花说话，他忙都忙不过来。

"大眠"捉了毛三百斤，老通宝全家连十二岁的小宝也在内，都是两日两夜没有合眼。蚕是少见的好，活了六十岁的老通宝记得只有两次是同样的，一次就是他成家的那年，又一次是阿四出世那一年。"大眠"以后的"宝宝"第一天就吃了七担叶，个个是生青滚壮，然而老通宝全家都瘦了一圈，失眠的眼睛上充满了红丝。

谁也料得到这些"宝宝"上山前还得吃多少叶。老通宝和儿子阿四商量了：

"陈大少爷借不出，还是再求财发的东家罢？"

"地头上还有十担叶，够一天。"

阿四回答，他委实是支撑不住了，他的一双眼皮像有几百斤重，只想合下来。老通宝却不耐烦了，怒声喝道：

"说什么梦话！刚吃了两天老蚕呢。明天不算，还得吃三天，还要三十担叶，三十担！"

这时外边稻场上忽然人声喧闹，阿多押了新发来的五担叶来了。于是老通宝和阿四的谈话打断，都出去"抒叶"。四大娘也慌忙从蚕房里钻出来。隔溪陆家养的蚕不多，那大姑娘六宝抽得出工夫，也来帮忙了。那时星光满天，微微有点风，村前村后都断断续续传来了吆喝和欢笑，中间有一个粗暴的声音嚷道：

"叶行情飞涨了！今天下午镇上开到四洋一担！"

老通宝偏偏听得了，心里急得什么似的。四块钱一担，三十担可要一百二十块呢，他哪来这许多钱！但是想到茧子总可以采五百多斤，就算五十块钱一百斤，也有这么二百五，他又心一宽。那边"抒叶"的人堆里忽然又有一个小小的声音说：

"听说东路不大好，看来叶价钱涨不到多少的！"

老通宝认得这声音是陆家的六宝。这使他心里又一宽。

那六宝是和阿多同站在一个筐子边"抒叶"。在半明半暗的星光下，她和阿多靠得很近。忽然她觉得在那"杠条"①的隐蔽下，有一只手在她大腿上拧了一把。好像知道是谁拧的，她忍住了不笑，也不声张。蓦地那手又在她胸前摸了一把，六宝直跳起来，出惊地喊了一声：

"嗳哟！"

"什么事？"

同在那筐子边将叶的四大娘问了，抬起头来。六宝觉得自己脸上热烘烘了，她偷偷地瞪了阿多一眼，就赶快低下头，很快地将叶，一面回答：

"没有什么。想来是毛毛虫刺了我一下。"

阿多咬住了嘴唇暗笑。虽然在这半个月来也是半饱而且少睡，也瘦了许多了，他的精神可还是很饱满。老通宝那种忧愁，他是永远没有的。他永不相信靠一次蚕花好或是田里熟，他们就可以还清了债再有自己的田；他知道单靠勤俭工作，即使做到背脊骨折断也是不能翻身的。但是他仍旧很高兴地工作着，他觉得这也是一种快活，正像和六宝调情一样。

第二天早上，老通宝就到镇里去想法借钱来买叶。临走前，他和四大娘商量好，决定把他家那块出产十五担叶的桑地去抵押。这是他家最后的产业。

叶又买来了三十担。第一批的十担发来时，那些壮健的

① "杠条"也是方言，指那些带叶的桑树枝条。通常采叶是连枝条剪下来的。——作者原注

"宝宝"已经饿了半点钟了。"宝宝"们尖出了小嘴巴，向左向右乱晃，四大娘看得心酸。 叶铺了上去，立刻蚕房里充满着沙沙沙的响声，人们说话也不大听得清。 不多一会儿，那些"团匾"里立刻又全见白了，于是又铺上厚厚的一层叶。人们单是"上叶"也就忙得透不过气来。 但这是最后五分钟了。 再得两天，"宝宝"可以上山。 人们把剩余的精力榨出来拼死命干。

阿多虽然接连三日三夜没有睡，却还不见怎么倦。 那一夜，就由他一个人在"蚕房"里守那上半夜，好让老通宝以及阿四夫妇都去歇一歇。 那是个好月夜，稍稍有点冷。 蚕房里熬了一个小小的火。 阿多守以二更过，上了第二次的叶，就蹲在那个"火"旁边听那些"宝宝"沙沙沙地吃叶。渐渐儿他的眼皮合上了。 恍惚听得有门响，阿多的眼皮一跳，睁开眼来看了看，就又合上了。 他耳朵里还听得沙沙沙的声音和窸窸窣窣的怪声。 猛然一个踉跄，他的头在自己膝头上磕了一下，他惊醒过来，恰就听得蚕房的芦帘啪嚓一声响，似乎还看见有人影一闪。 阿多立刻跳起来，到外面一看，门是开着，月光下稻场上有一个人正走向溪边去。 阿多飞也似跳出去，还没看清那人是谁，已经把那人抓过来摔在地下。 他断定了这是一个贼。

"多多头！ 打死我也不怨你，只求你不要说出来！"

是荷花的声音，阿多听真了时不禁浑身的汗毛都竖了起来。 月光下他又看见那扁得作怪的白脸儿上一对细圆的眼睛

定定地看住了他。 可是恐怖的意思那眼睛里也没有。 阿多
哼了一声，就问道：

"你偷什么？"

"我偷你们的宝宝！"

"放到哪里去了？"

"我扔到溪里去了！"

阿多现在也变了脸色。 他这才知道这女人的恶意是要冲
克他家的"宝宝"。

"你真心毒呀！ 我们家和你们可没有冤仇！"

"没有么？ 有的，有的！ 我家自管蚕花不好，可并没害
了谁，你们都是好的！ 你们怎么把我当作白老虎，远远地望
见我就别转了脸？ 你们不把我当人看待！"

那妇人说着就爬了起来，脸上的神气比什么都可怕。 阿
多瞅着那妇人好半晌，这才说道：

"我不打你，走你的罢！"

阿多头也不回的跑回家去，仍在"蚕房"里守着。 他完
全没有睡意了。 他看那些"宝宝"，都是好好的。 他并没
想到荷花可恨或可怜，然而他不能忘记荷花那一番话；他觉
到人和人中间有什么地方是永远弄不对的，可是他不能够明
白想出来是什么地方，或是为什么。 再过一会儿，他就什么
都忘记了。"宝宝"是强健的，像有魔法似的吃了又吃，永远
不会饱！

以后直到东方快打白了时，没有发生事故。 老通宝和四

大娘来替换阿多了，他们拿那些渐渐身体发白而变短了的"宝宝"在亮处照着，看是"有没有通"。他们的心被快活胀大了。但是太阳出山时四大娘到溪边汲水，却看见六宝满脸严重地跑过来悄悄地问道：

"昨夜二更过，三更不到，我远远地看见那骚货从你们家跑出来，阿多跟在后面，他们站在这里说了半天话呢！四阿嫂！你们怎么不管事呀？"

四大娘的脸色立刻变了，一句话也没说，提了水桶就回家去，先对丈夫说了，再对老通宝说。这东西竟偷进人家"蚕房"来了，那还了得！老通宝气得直跺脚，马上叫阿多来查问。但是阿多不承认，说六宝是做梦见鬼。老通宝又去找六宝询问。六宝是一口咬定了看见的。老通宝没有主意，回家去看那"宝宝"，仍然是很健康，瞧不出一些败相来。

但是老通宝他们满心的欢喜却被这件事打消了。他们相信六宝的话不会毫无根据。他们唯一的希望是那骚货或者只在廊檐口和阿多鬼混了一阵。

"可是那大蒜头上的苗却当真只有三四茎呀！"

老通宝自心里这么想，觉得前途只是阴暗。可不是，吃了许多叶去，一直落来都很好，然而上了山却干僵了的事，也是常有的。不过老通宝无论如何不敢想到这上头去，他以为即使是肚子里想，也是不吉利。

四

"宝宝"都上山了，老通宝他们还是捏着一把汗。他们钱都花光了，精力也绞尽了，可是有没有报酬呢，到此时还没有把握。虽则如此，他们还是硬着头皮干去。"山棚"下蒸了火，老通宝和阿四他们伛着腰慢慢地从这边蹲到那边，又从那边蹲到这边。他们听得山棚上有些窸窸窣窣的细声音①，他们就忍不住想笑，过一会儿又不听得了，他们的心就重甸甸地往下沉了。这样地，心是焦灼着，却不敢向山棚上望。偶或他们仰着的脸上淋到了一滴蚕尿了②，虽然觉得有点难过，他们心里却快活；他们巴不得多淋一些。

阿多早已偷偷地挑开"山棚"外围着的芦帘望过几次了。小宝看见，就扭住了阿多，问"宝宝"有没有作茧子。阿多伸出舌头做一个鬼脸，不回答。

"上山"后三天，熄火了。四大娘再也忍不住，也偷偷地挑开芦帘角看了一眼，她的心立刻卜卜地跳了。那是一片雪白，几乎连"缀头"都瞧不见；那是四大娘有生以来从没

---

① 蚕在山棚上受到热，就往"缀头"上爬，所以有窸窸窣窣的声音。这是蚕要作茧的第一步。爬不上去的，不是健康的蚕，多半不能作茧。——作者原注

② 据说蚕在作茧以前必撒一泡尿，而这尿是黄色的。——作者原注

有见过的"好蚕花"呀！ 老通宝全家立刻充满了欢笑。 现在他们一颗心定下来了！"宝宝"们有良心，四洋一担的叶不是白吃的；他们全家一个月的忍饿失眠总算不冤枉，天老爷有眼睛！

同样的欢笑声在村里到处都起来了。 今年蚕花娘娘保佑这小小的村子。 二三十人家都可以采到七八分，老通宝家更是比众不同，估量来总可以采一个十二三分。

小溪边和稻场上现在又充满了女人和孩子们。 这些人都比一个月前瘦了许多，眼眶陷进了，嗓子也发沙，然而都很快活兴奋。 她们嘈嘈地谈论那一个月内的"奋斗"时，她们的眼前便时时现出一堆堆雪白的洋钱，她们那快乐的心里便时时闪过了这样的盘算：夹衣和夏衣都在当铺里，这可先得赎出来；过端阳节也许可以吃一条黄鱼。

那晚上荷花和阿多的把戏也是她们谈话的资料。 六宝见了人就宣传荷花的"不要脸，送上门去！"男人们听了就粗暴地笑着，女人们念一声佛，骂一句，又说老通宝家总算幸气，没有犯克，那是菩萨保佑，祖宗有灵！

接着是家家都"浪山头"了，各家的至亲好友都来"望山头"①。 老通宝的亲家张财发带了小儿子阿九特地从镇上来到村里。 他们带来的礼物，是软糕，线粉，梅子，枇杷，

---

① "浪山头"在熄火后一日举行，那时蚕已成茧，山棚四周的芦帘撤去。"浪"是"亮出来"的意思。"望山头"是来探望"山头"，有慰问祝颂的意思。"望山头"的礼物也有定规。——作者原注

也有咸鱼。　小宝快活得好像雪天的小狗。

"通宝，你是卖茧子呢，还是自家做丝？"

张老头子拉老通宝到小溪边一棵杨柳树下坐了，这么悄悄地问。　这张老头子张财发是出名"会寻快活"的人，他从镇上城隍庙前露天的"说书场"听来了一肚子的疙瘩东西，尤其烂熟的，是"十八路反王，七十二处烟尘"，程咬金卖柴扒，贩私盐出身，瓦岗寨做反王的《隋唐演义》。　他向来说话"没正经"，老通宝是知道的，所以现在听得问是卖茧子或者自家做丝，老通宝并没把这话看重，只随口回答道：

"自然卖茧子。"

张老头子却拍着大腿叹一口气。　忽然他站了起来，用手指着村外那一片秃头桑林后面耸露出来的茧厂的风火墙说道：

"通宝，茧子是采了，那些茧厂的大门还关得紧洞洞呢！今年茧厂不开秤！ ——十八路反王早已下凡，李世民还没出世，世界不太平！　今年茧厂关门，不做生意！"

老通宝忍不住笑了，他不肯相信。　他怎么能够相信呢？难道那"五步一岗"似的比露天毛坑还要多的茧厂会一齐都关了门不做生意？　况且听说和东洋人也已"讲拢"，不打仗了，茧厂里驻的兵早已开走。

张老头子也换了话，东拉西扯讲镇里的"新闻"，夹着许多"说书场"上听来的什么秦叔宝，程咬金。　最后，他代他的东家催那三十块钱的债，为的他是"中人"。

　　然而老通宝到底有点不放心。 他赶快跑出村去，看看"塘路"上最近的两个茧厂，果然大门紧闭，不见半个人；照往年说，此时应该早已摆开了柜台，挂起了一排乌亮亮的大秤。

　　老通宝心里也着慌了，但是回家去看见了那些雪白发光很厚实硬骨骨的茧子，他又忍不住嘻开了嘴。 上好的茧子！会没有人要，他不相信。 并且他还要忙着采茧，还要谢"蚕花利市"①，他渐渐不把茧厂的事放在心上了。

　　可是村里的空气一天一天不同了。 才得笑了几声的人们现在又都是满脸的愁云。 各处茧厂都没开门的消息陆续从镇上传来，从"塘路"上传来。 往年这时候，"收茧人"像走马灯似的在村里巡回，今年没见半个"收茧人"，却换替着来了债主和催粮的差役。 请债主们就收了茧子罢，债主们板起面孔不理。

　　全村子都是嚷骂，诅咒，和失望的叹息！ 人们做梦也不会想到今年"蚕花"好了，他们的日子却比往年更加困难。这在他们是一个晴天的霹雳！ 并且愈是像老通宝他们家似的，蚕愈养得多，愈好，就愈加困难——"真正世界变了！"老通宝捶胸跺脚地没有办法。 然而茧子是不能搁久了的，总得赶快想法：不是卖出去，就是自家做丝。 村里有几家已经

---

　　① 老通宝乡里的风俗，"大眠"以后得拜一次"利市"，采茧以后，又是一次。经济窘的人家只举行"谢蚕花利市"，"拜利市"也是方言，意即"谢神"。——作者原注

把多年不用的丝车拿出来修理，打算自家把茧做成了丝再说。
六宝家也打算这么办。 老通宝便也和儿子媳妇商量道：

"不卖茧子了，自家做丝！ 什么卖茧子，本来是洋鬼子
行出来的！"

"我们有四百多斤茧子呢，你打算摆几部丝车呀！"

四大娘首先反对了。 她这话是不错的。 五百斤的茧子
可不算少，自家做丝万万干不了。 请帮手么？ 那又得花
钱。 阿四是和他老婆一条心。 阿多抱怨老头子打错了主
意，他说：

"早依了我的话，扣住自己的十五担叶，只看一张洋种，
多么好！"

老通宝气得说不出话来。

终于一线希望忽又来了。 同村的黄道士不知从哪里得的
消息，说是无锡脚下的茧厂还是照常收茧。 黄道士也是一样
的种田人，并非吃十方的"道士"，向来和老通宝最说得
来。 于是老通宝去找那黄道士详细问过了以后，便又和儿子
阿四商量把茧子弄到无锡脚下去卖。 老通宝虎起了脸，像吵
架似的嚷道：

"水路去有三十多九①呢！ 来回得六天！ 他妈的！ 简
直是充军！ 可是你有别的办法么？ 茧子当不得饭吃，蚕前

---

① 老通宝乡间计算路程都以"九"计；"一九"就是九里。"十九"
是九十里，"三十多九"就是三十多个"九里"。——作者原注

的债又逼紧来！"

阿四也同意了。 他们去借了一条赤膊船，买了几张芦席，赶那几天正是好晴，又带了阿多。 他们这卖茧子的"远征军"就此出发。

五天以后，他们果然回来了；但不是空船，船里还有一筐茧子没有卖出。 原来那三十多九水路远的茧厂挑剔得非常苛刻：洋种茧一担只值三十五元，土种茧一担二十元，薄茧不要。 老通宝他们的茧子虽然是上好的货色，却也被茧厂里挑剩了那么一筐，不肯收买。 老通宝他们实卖得一百十一块钱，除去路上盘川①，就剩了整整的一百元，不够偿还买青叶所借的债！ 老通宝路上气得生病了，两个儿子扶他到家。

打回来的八九十斤茧子，四大娘只好自家做丝了。 她到六宝家借了丝车，又忙了五六天。 家里米又吃完了。 叫阿四拿那丝上镇里去卖，没有人要；上当铺当铺也不收。 说了多少好话，总算把清明前当在那里的一石米换了出来。

就是这么着，因为春蚕熟，老通宝一村的人都增加了债！ 老通宝家为的养了五张"布子"的蚕，又采了十多分的好茧子，就此白赔上十五担叶的桑地和三十块钱的债！ 一个月光景的忍饥熬夜还不算！

1932 年 11 月 1 日

---

① 这里指旅费。

时代镜像、问题意识与革命性

——茅盾小说略谈

吴义勤

　　茅盾是中国现当代文学史上具有重要地位和影响力的作家。 其创作较为典型地体现了"为人生而艺术"的创作理念，思考时代命题、关切民生疾苦、关心社会变革发展是其一以贯之的艺术追求和写作主旨。 在对社会历史发展总体性的准确而抽象的把握和概括中，通过生动的人物和曲折的故事呈现一段时期、一个时代的离乱与动荡，展现一个阶层、一代人的"幻灭"、"动摇"与"追求"，为一个时代留影，为一代人的精神画像，是其写作的主要题旨。 但在惯常的文学史叙述中，对于茅盾小说成就的认可与研究更多集中在《子夜》等长篇小说中，对于同样体现其艺术风格的中短篇小说则缺乏足够的关注。 事实上，以《林家铺子》《幻灭》《动摇》《追求》《春蚕》《秋收》《残冬》等为代表的一批中短篇小说同样具有很高的艺术价值和鲜明的风格特征。

　　茅盾的小说创作最早是在中短篇领域展开的。 在1927年，"四一二"反革命政变发生四个多月之后，茅盾就快速写出了带有鲜明时代烙印和精神特征的《幻灭》，首次以茅盾为笔名发表在《小说月报》上。他很快又完成了《动摇》《追求》两部中篇，构成了"蚀"三部曲。三部中篇构成的三部曲，较早地反映了 1920 年代中后期中国社会革命的复杂形势以及这一动荡历史环境下知识分子、革命者等不同角色群体的苦闷状态和心路历程，也初步体现了其通过文学来反映现实生活、思考社会问题、介入社会革命的艺术理念。1930 年代初，茅盾又相继创作和发表了《春蚕》《秋收》《残冬》三部短篇组成的"农村三部曲"。中篇小说《林家铺子》与长篇小说《子夜》同期或更早创作完成，从创作关系看，这些中短篇小说创作构成了《子夜》写作上的"前史"，成为艺术上的重要准备，也较早体现出茅盾小说创作鲜明的个人风格。

茅盾的中短篇小说注重对于总体性时代特征的观察、思考和把握，无论是在讲述哪个历史时段的故事，塑造哪种阶层身份的人物，均注重人物、故事与时代的深度结合，贯彻现实主义文学在典型环境中塑造典型人物的文学理念，将人物和故事牢牢镶嵌于时代的语境之中，使之形成紧密互动的共生关系。因此，其小说往往具有鲜明的时代烙印和浓重的时代气息，成为时代的一种特殊镜像。比如，《林家铺子》是对 1930 年代日本帝国主义军事压迫背景下社会动荡现实的反映，小说不仅详细写出了小商品经营者的生存困境，也写出了中国社会所面临的外部挑战和内部动荡；《幻灭》写 1920 年代中后期大革命受挫后，女性知识分子精神的苦闷和内心的幻灭感，但通过对人物心理的精准把握和生活历险的生动讲述，小说同时实现了对于 1920 年代中后期动荡时局和各方力量激烈角逐的复杂历史图景的反映和概括；《春蚕》将叙述的重心放置于老通宝一家的生活描述上，重点讲述养蚕过程中跌宕起伏的心理波动，但整体性的社会历史态势仍然在不多的笔墨中被简洁地勾勒，并且将外部环境变动之于人的影响细致入微地表现出来，"丰收成灾"的结局也极为巧妙地表达了作者对于严酷社会环境的深刻思考。可以说，对于社会历史的总体性把握、呈现和追问构成了茅盾小说创作最为核心的命题，也是其小说最为坚固的价值所在。

茅盾的小说带有鲜明的问题意识，体现着茅盾对于社会现实、历史走向的深重思考。早在 1920 年代初期茅盾就加入了中国共产党，革命者的身份是他的第一重社会身份，推动革命发展、实现历史变革是其作为革命者的信仰与价值目标。在实现革命理想的道路上，茅盾实际是以两种方式同时行进的，一种是直接的社会革命活动，另一种是"以笔为枪"的文学创作活动。这种人生信仰和价值目标从根本上决定了他的文学创作不同于鸳鸯蝴蝶派式的消闲之作，而是有着明确目标任务和战斗属性的创作。这种属性体现在他小说鲜明的问题意识上。茅盾对于时代形势和社会问题有敏锐的洞察，他将这些问题和思考带入小说中去，通过人物和故事对社会历史进行反思、追问，从而构成了与社会历史的特殊对话。比如《春蚕》中对于老通宝一家养蚕讨生计的细致书写，真实地呈现了农村底层百姓的疾苦，同时也通过"丰收成灾"的反常态性揭示深刻的社会问题。《幻灭》中对于静女士、慧女士的塑造一方面写出了个人的心理体验和精神彷徨，也象征性地揭示出一个群体、一代青年女性的精神图景。而在更广阔的社会结构层面，也揭示出革命发展的诸多不确定性以及内部力量的弥散，其追问直抵如何"将革命进行到底"这一根本性的时代难题。这种问题性充分显示了茅盾感知问题的敏锐性和分析问题的洞察力，同时也体现了茅盾作为知识分子和革命者的历史承担意识。对于茅盾而言，小说创作既是文学家的艺术实践，也是革命者的战斗形式与有力武器。这种介入现实和历史的革命性，构成了茅盾小说经典性的重要一维。

图书在版编目(CIP)数据

林家铺子/茅盾著;吴义勤主编. --郑州:河南文艺出版社,
2021.7
(百年中篇小说名家经典/何向阳总主编)
ISBN 978-7-5559-0459-5

Ⅰ.①林… Ⅱ.①茅…②吴… Ⅲ.①中篇小说-小说集-中国-
现代 Ⅳ.①I246.5

中国版本图书馆 CIP 数据核字(2021)第 126288 号

丛书策划	陈 杰 杨彦玲		
本书策划	王 宁	责任校对	梁 晓
责任编辑	王 宁	责任印制	陈少强
丛书统筹	李亚楠	书籍设计	书籍/设计/工坊 刘运来工作室

林家铺子
LINJIA PUZI

出版发行 河南文艺出版社
本社地址 郑州市郑东新区祥盛街 27 号 C 座 5 楼
承印单位 河南瑞之光印刷股份有限公司
经销单位 新华书店
开 本 787 毫米×1092 毫米 1/32
印 张 6.125
字 数 115 000
版 次 2021 年 7 月第 1 版
印 次 2021 年 7 月第 1 次印刷
定 价 32.00 元

印厂地址 河南省武陟县产业集聚区东区(詹店镇)泰安路
邮政编码 454950 电话 0371-63956290